总主编◎张颢瀚　副总主编◎汪兴国

人文社会科学通识文丛

关于唐诗宋词的100个故事

100 Stories of Tang and Song Ci Poems

谢安雄◎著

南京大学出版社

图书在版编目(CIP)数据

关于唐诗宋词的100个故事 / 谢安雄著. -- 南京 : 南京大学出版社,(2013.10重印)
（人文社会科学通识文丛）
ISBN 978-7-305-09553-5

Ⅰ. ①关… Ⅱ. ①谢… Ⅲ. ①唐诗－诗歌欣赏②宋词－诗歌欣赏 Ⅳ. ①I207.2

中国版本图书馆CIP数据核字(2012)第003334号

本书经上海青山文化传播有限公司授权独家出版中文简体字版

出版发行 南京大学出版社
社　　址 南京市汉口路22号　　邮　　编 210093
网　　址 http://www.NjupCo.com
出 版 人 左　健

丛 书 名 人文社会科学通识文丛
总 主 编 张颢瀚
副总主编 汪兴国
书　　名 关于唐诗宋词的100个故事
著　　者 谢安雄
责任编辑 王大令　　编辑热线 025-83686029

照　　排 南京南琳图文制作有限公司
印　　刷 江苏凤凰扬州鑫华印刷有限公司
开　　本 787×960 1/16 印张13 字数233千
版　　次 2013年10月第1版　2013年10月第2次印刷
ISBN 978-7-305-09553-5
定　　价 28.00元

发行热线 025-83594756 83686452
电子邮箱 Press@NjupCo.com
　　　　 Sales@NjupCo.com(市场部)

序言

王国维先生在他的《宋元戏曲考》自序中，提出了一个著名的论断："凡一代有一代之文学：楚之骚，汉之赋，六代之骈语，唐之诗，宋之词，元之曲，皆所谓一代之文学，而后世莫能继焉者也。"但是，在这些所谓"一代之文学"里，流传最广泛、最深入人心的，必定就是"唐之诗"、"宋之词"了。

先来说说唐诗。有人对"唐之诗"提出疑问，说应该反过来才对，那分明是"诗的盛唐"。在唐朝，诗写得好，不仅可以扬名还可以做官，不会写诗简直不能被称为读书人。一部《全唐诗》保存诗歌 48 900 多首，风土人情、社会面貌、阶级状况、社会生活、山水风物、感慨情思等，皆可入诗。唐诗的形式分古体诗和近体诗。古体诗可分为五言和七言，近体诗分为绝句与律诗两种。按照内容分，则有山水田园诗、边塞战争诗、怀古诗、叙事诗、抒情诗、咏物诗、悼亡诗、讽喻诗，等等。若按照派别分，有山水田园派、边塞诗派、浪漫诗派、现实诗派。唐诗的内容与形式都是那样丰富多彩，而且不断推陈出新，在继承汉魏民歌、乐府的基础上，还大大发展了歌行体样式，在继承前代五言七言的基础上，还发展了叙事长篇。总之，那是一个诗的盛世。

再来看看宋词。词是诗歌的一种，也可以说是诗歌的发展，兼有文学和音乐的特点，每首词都有一个调名，叫“词牌”，人们要依调填词。简单来说，词其实就是合着音乐的歌词，因此也叫曲子词、乐府、乐章、长短句，等等。词始于唐，定型于五代，盛于宋。词按照长短规模分，可以分为小令、中调和长调。按照创作风格来分，可分为婉约派与豪放派。词最初由唐入宋，晏殊、晏几道等继承温庭筠等的花间词派；接着，柳永、苏轼等人进行了新的开拓，促进其多种风格的繁荣；然后，周邦彦集大成的创作继续深化了词的内涵，促进了词的成熟。另外，特别值得一提的是，如果说诗是属于文人的，那么词就是属于民间的，宋词的民间繁荣更是推动它发展的一大动力。

在古代文学的阆苑里，唐诗、宋词并称双绝。在诗人词客的创作过程中以及他们的人生旅程里，都发生了许多有趣、悲伤、无奈、诙谐、积极、乐观或是深情圆满的小故事。本书从讲故事的角度出发，带着现代人的思考，让你从另一个层面去体验诗人词客的性情，品味唐诗、宋词的美。

目录

上篇　关于唐诗的故事

下篇　关于宋词的故事

卷一　北宋篇

卷二 南宋篇

上篇 关于唐诗的故事

卷一

初唐篇

成就权力的情诗

不信比来长下泪，开箱验取石榴裙。

武则天出生在广元，因为出生之后容貌极美，她的母亲为她取名“媚娘”。

武媚娘的父亲应该是个相当开明的人，在武则天的童年时期，他便带着女儿在各地游历生活。媚娘天资聪颖，少而好学，尤其喜爱读史集诗文，很有才气。在她 12 岁的时候，父亲过世，她跟母亲在家族中生活艰苦。贞观十一年，14 岁的武媚娘被选入宫，成为了唐太宗的才人。

公元 649 年，53 岁的太宗皇帝病入膏肓，太子李治在太宗病榻前端汤送药。也就是在这个时候，他看见了风姿绰约的武媚娘，涉世未深的太子被深深打动、深深吸引了。武媚娘当时已经 26 岁了，这个时候没有人知道，这女人将主宰大唐帝国半个世纪的命运。

公元 650 年夏天，唐太宗驾崩。根据大唐律法，皇帝死后，没有生育过的嫔妃必须出家，要么进入道观，要么皈依佛门。作为太宗的妃子，武媚娘被送到长安城的一座寺院，被迫做了尼姑。从此，青灯做伴，武媚娘似乎只有一条路可以走，在孤独与寂寞中度过余生。

武媚娘怎么能忍受她如花的生活就这样枯萎？这个时候，她想起当年的太子，也就是如今的高宗皇帝，那是整个大唐最有地位的男人，她曾经跟那个男人有过一段缱绻的往事，现在只有他才能帮助她脱离这清苦的寺院。在寂寞的思念和脱离苦海的向往之中，武媚娘写了一首《如意娘》：

看朱成碧思纷纷，憔悴支离为忆君。
不信比来长下泪，开箱验取石榴裙。

武媚娘希望这首情诗能够拯救她的命运，而这首诗最后送到了太极宫。高宗皇帝从这首诗里看出了无限的绵绵情思。那个曾经属于父亲的女人，他其实从未忘记。因为这一首诗，他下定决心要排除万难接回武媚娘。

武媚娘回到她日思夜想的皇宫。据考证，李氏皇族拥有北方游牧民族的血统，在游牧民族的习俗里，儿子接收父亲的女人并不是什么过分的事情。武媚娘进宫之后，经过精心策划，囚禁了高宗宠爱的萧淑妃和原配王皇后，甚至还将她们折磨至死。

公元 655 年，先皇太宗的妃子成为高宗皇帝的新皇后。这是在中国历史上空前绝后的女人，集美貌智慧于一身，但是真正独一无二的是她对权力的热望，最终成就她中国历史上唯一一个女皇的地位。

小知识

武则天（公元 624—705 年），中国历史上唯一一个正统的女皇帝（唐高宗时代，民间起义，曾出现一个女皇帝陈硕真），也是即位年龄最大的皇帝（67 岁即位），又是寿命最长的皇帝之一（终年 82 岁）。唐高宗时为皇后（公元 655 年—683 年）、唐中宗和唐睿宗时为皇太后（公元 683 年—690 年），后自立为武周皇帝（公元 690 年—705 年），改国号“唐”为“周”，定都洛阳，并号其为“神都”。史称“武周”或“南周”，公元 705 年退位。武则天也是一位女诗人和政治家。

嘲讽对了也能做官

虚心未能待国士，皮上何须生节目。

唐初，宫中有个侍卫叫裴略，他任期届满参加兵部主持的武官考核。裴略对这个考核信心满满，自以为必定可以通过。到了开榜之日，谁知他竟然名落孙山。裴略十分愤怒，觉得凭自己的本事，绝不可能不通过，这里面一定出了什么问题。他气恼之下，决定去找宰相温彦博申诉。

裴略怒气冲冲地闯进了温彦博家。正巧，兵部尚书杜如晦也在温彦博家，裴略这才感觉到自己来得似乎不是时候。他平息了一下自己的怒气，上前对两位大人施礼，临时改了话题说："我在宫里工作了这么些年，长了不少的见识。我自认能够明辨事理，而且我记忆力特别好，对语言尤其敏感，人家说一段话，我能够一字不错地复述下来。我想如果让我在朝廷做个通事舍人，一定可以胜任。"

温彦博听了，笑道："皇上虽爱才惜才，但这官职任命也不是随随便便的，要通过考试。前不久兵部主持的考试，你可曾参加？"裴略连忙回答："我参加了。不但参加了，而且成绩还不错。只是可能主考官喝多了酒，醉眼昏花难辨，录取的时候把我的名字给弄丢了。"

温彦博听完哈哈大笑，他拍拍杜如晦的肩膀调侃道："你看，有人到我这儿来告你兵部的状了。"杜如晦倒是十分从容，他说："我却是真心希望有人能对我们兵部的工作提提意见。只不过，评卷、复查等手续都由不同的人负责，也从没听说出过什么偏差。年轻人，可能你考得是不错，但别人考得更好。你这次没被录取不要放在心上，继续努力，争取下次考得更好。”

裴略听了沮丧起来。杜如晦见他如此，想了一想，接着问道：“你还有些什么才能？”裴略立即转悲为喜，兴奋地回答：“我会写诗！大人若不信，尽管出题考我。”这时温彦博抬头见院子小径两边竹子苍翠可爱，便说：“你就以竹为题赋诗一首吧！”

裴略稍加思考，一首诗就成了：

庭前数竿竹，风吹青萧萧。

凌寒叶不凋，经夏子不熟。

虚心未能待国士，皮上何须生节目。

这诗抓住了竹子外表有节内里空虚，冬不凋夏无子的特征，讽刺竹子虚有其表不务实。用竹子来比喻人，一语双关。温彦博和杜如晦听了点点头，带着赞许的目光看着裴略。温彦博来了兴致，想再考考他，就道：“那你再以屏风为题作一首。”

这次裴略几乎是脱口而出：

高下八九尺，东西六七步。

突兀当庭坐，几许遮贤路。

诗毕，他突然高喊，“当今圣明在上，大敞四门以待天下士人，君是何人，竟在此妨贤？”说完便动手推倒屏风，发出巨响。裴略不仅语出惊人，这举动也出人意料，明里暗里讥讽当权者挡了饱学之士的报国路。

温彦博惊诧地看着裴略的一番举动，而后笑对杜如晦说：“看出来了吗？这年轻人在讽刺我呢！”裴略胆子也大，不慌不忙，语调铿锵道：“不但刺膊(博)，还刺肚(杜)呢！”温彦博和杜如晦不但没生气，还相视一眼哈哈大笑起来。

几天后，裴略被授予陪戎校尉，正式走向了他的仕途。可见，嘲讽对了也能做官。

为爱去死的另一种解释

百年离别在高楼，一旦红颜为君尽。

她是他的婢女，他为她取名碧玉。她与他一起长大，他有倚马可待之才，她有闭月羞花之姿，然而她却从不敢说这是青梅竹马。他是吏部的左司郎中，有名的青年才俊，而她是什么呢？只不过是他乔知之的一个婢女，纵然善诗文能歌舞，也脱不去这黯淡的出身。

乔知之对她钟情不移，她也愿意相信他能够娶她为妻，遵守那个从生到死的诺言——一辈子对她好。

然后当他不在她身边了，当管事嬷嬷严厉地责罚她，当其他婢女取笑她不自量力，当长工男仆不怀好意地看着她，她总能清晰地把握住现实的脉络，他的情意以及诺言于她，不过一枕黄粱梦而已。

貌美的女子总是无辜地被辜负，这大概就是人们常说的天妒红颜。武承嗣看上她了，武承嗣要她。武承嗣是什么人？他是女皇的侄子，是周国公。他看上她是她的福分。

她可以不服不愿，又怎么敢不从？她甚至连包袱都没能收拾就被接走了。武承嗣搂着这个新欢离去，他喜欢她漂亮的脸蛋，柔软的腰身，他不在乎她有什么样的回忆、什么样的情思。

乔知之听说武承嗣很宠爱她，给她穿绫罗绸缎，给她戴金银珠玉，他怒气填胸，不能自持。那个女子曾与他花前月下海誓山盟，他们有过那么多不能忘却的情节，她怎么能在别人的怀中婉转承欢。乔知之越想越恨，不是怨她，只是怨命，而后提笔写下《绿珠篇》：

石家金谷重新声，明珠十斛买娉婷。
此日可怜君自许，此时可喜得人情。
君家闺阁不曾难，常将歌舞借人看。
意气雄豪非分理，骄矜势力横相干。
辞君去君终不忍，徒劳掩袂伤铅粉。
百年离别在高楼，一旦红颜为君尽。

这诗，写便写了，他写了还要给她看。乔知之私下让武承嗣的家奴把诗传给她。她捏着这诗，簌簌落泪。这每一个字都是一颗钉，字字扎在她心口上。忽而她又扯出一个笑，笑得又冷又软，似乎因为做好了决定而松了口气，又带着把什么都看透了的苍凉。

碧玉慢慢将这诗结在衣带里，轻飘飘投了井。在窒息的那一刻，她看到了乔知之，她好想对他说一句："武承嗣喜欢我，只不过逼我跟你别离。而你的爱，却是逼我去死。"她终究什么也说不出来。武承嗣捞起碧玉的尸体，看到她衣带内的诗，对乔知之怀恨在心，罗织罪名抄了乔家，一干族人统统下狱。

乔知之只道碧玉对他情深意重而以死相酬，因此惹怒了武承嗣。他到死都不明白，他的爱，轻冷孤独，那是只满足他一个人的深情。他从不理解一个低微婢女的苦，他渴望她像绿珠那样贞烈。是的，在她被抢夺之后，他怕是希望她死多过希望她活。

小知识

乔知之，唐代同州冯翊人，以文词知名，著有文集20卷，以《旧唐书·经籍志》传于世。

关于这位婢女的名字，《旧唐书·乔知之传》作"窈娘"，《朝野佥载》及《唐诗纪事》都作"碧玉"。

最经典的两句不是我写的

楼观沧海日，门对浙江潮。

杭州实在是个令人喜欢的好地方，风景好，人文气息浓厚。吴越崇尚佛教，曾在杭州大兴寺庙，因此杭州素有“东南佛国”之称。在众多寺庙道院里，以西湖葛岭的“抱朴道院”和韬光寺的“丹崖宝洞”最为著名。丹涯宝洞有个观海亭，建于清康熙四十五年（公元 1706 年），是古时灵隐山中最适合观海之处，所以在西湖十八景、杭州二十四景之中，“韬光观海”位列其一。那亭柱上有楹联“楼观沧海日，门对浙江潮”，便是唐代诗人宋之问的名句。然而又有故事说，这最经典的两句诗并不是宋之问本人写的。

宋之问曾在武后朝中得宠，武后驾崩，他即遭到贬谪，后来又被放还。途中他经过江南，欲游灵隐寺散心。这一夜月色清明皎洁，微风怡人，宋之问独自一人在长廊漫步。他望着夜色笼罩的西湖和灵隐寺对面的飞来峰，即兴吟来两句诗：“鹫岭郁岧峣，龙宫锁寂寥。”

这两句出口之后，他怎么也想不出来接下来的句子，十分苦恼，在原地徘徊良久，搜肠刮肚地苦思冥想。

这时一个老和尚走来点佛前长明灯，见宋之问那模样，问道：“年轻人那么晚还不睡，有什么烦恼，可否说与老衲听听？”宋之问答道：“我本想以贵寺为题作首诗，可惜只作出一句便不知道接下来该写什么了。”

接着，他把自己作出的那一句念了出来。只见老和尚笑得慈祥和蔼，随口接续道：“楼观沧海日，门对浙江潮。”这样工整贴切的佳句，令宋之问惊艳得说不出话来，他反复吟诵，愈发沉醉其中不能自拔。待到他反应过来想说点什么，却发现那老和尚已飘然远去，无一点踪迹可循。宋之问接着很快就把整篇诗作成了：

鹫岭郁岧峣，龙宫锁寂寥。
楼观沧海日，门对浙江潮。
桂子月中落，天香云外飘。
扪萝登塔远，刳木取泉遥。
霜薄花更发，冰轻叶未凋。
夙龄尚遐异，搜对涤烦嚣。
待入天台路，看君度石桥。

第二天天亮之后，宋之问迫不及待想再向老和尚请教，但是他走遍了整个寺院，却再也看不见老和尚的身影。

他拦住寺僧询问，大家都说不知道，最后有一个人悄悄告诉他：“那位师父云游四方，行踪不定，你找不到他的。听说他的俗名好像是骆宾王。”

整首诗好不容易有这么一个妙句，居然都被后人传说成是别人写的，现在想来宋之问实在冤枉啊！

想做官，先做人

从来赴甲第，两起一双飞。

初唐有个文人叫张鷟，字文成，自号浮休子。张鷟在国内并没什么名气，但是"国际"上的名气却很大。唐时，日本只要有人到中国来，必定到处打听哪里有卖张鷟的诗集，然后无论花多少钱都要买到手。至今 1 000 多年来，仍然热情不减。相较于他在外面的名声待遇，他在国内可算是被打入冷宫的。

相传张鷟少年时期，曾经梦见一只紫色的大鸟，那鸟身上呈五彩纹理，从高空中飞下直入庭院，便再也不肯离去。张鷟醒来觉得这梦很奇特，便把梦境说与祖父听，他祖父道："这可是个吉祥的好梦啊！从前蔡衡说过，凤鸟有五种：颜色红的是'文章凤'，青的是'鸾'，黄的是'鹓雏'，白的是'鸿鹄'，紫的是'鸑鷟'。你梦见的那只是陪衬凤凰的鸑鷟，看来你以后一定能够成为帝王辅臣。"遂给孙子取名张鷟。

后来张鷟七次应举、四次参选，竟然就如同他的名字一样吉祥如意，连考连中。有一年对策答辩，考功员外郎还给他评了个天下第一。张鷟可谓少年得意，作了一首《咏燕》诗：

变石身犹重，衔泥力尚微。
从来赴甲第，两起一双飞。

有人称赞张鷟的文章好像是青铜钱，万拣万中，没听说有败退的时候。这话一传播出去，张鷟得了个“青铜学士”的雅号。

不过张鷟为人放荡，不知检点，性情浮躁，屡屡冒犯官场忌讳。他担任司门员外郎的时候，一次赶上大将军黑齿常之带兵出征，有人劝他说：“你的官那么小，不如给大将军做个幕僚随军出征，以你的才华想要建功立业简直易如反掌。”黑齿常之是个高丽人，投降了唐朝做了一方大将，几次大败吐蕃，功勋卓著。张鷟不以为然，完全没把黑齿常之放在眼里。他不愿意做人家幕僚就算了，还口出恶语：“宁可且将朱唇饮酒，谁能逐你黑齿常之。”就以这样的性子，如何做得帝王辅臣？

果然，唐玄宗即位，任用姚崇为相。姚崇分外憎恶张鷟那放浪不羁的性子，找了机会便把他流放到了岭南。

小知识

张鷟（约公元660—740年），字文成，自号浮休子，深州陆泽（今河北深县）人，唐代小说家。他于高宗李治调露年登进士第，被任为岐王府参军。此后又应“下笔成章”、“才高位下”、“词标文苑”等八科考试，每次都列人甲等。武后证圣（公元695年）时，擢任御史。著有《游仙窟》传奇、《朝野佥载》和珍贵的唐朝判例集《龙筋凤髓判》。

登高怀古的旷世绝作

前不见古人，后不见来者。

念天地之悠悠，独怆然而涕下！

这四句悲歌好似不经意之间吟诵出口，却令古今无数闻者心折意动，引起无限幽思。你看这短短几句，仿佛是没有因由无端刮来的风，却直冲苍穹；仿佛是从古至今一直被压抑的情怀，却腾冲而起。清代黄星周在《唐诗快》里评论这首诗说："胸中自有万古，古今诗人多矣，从未有道及此者。此二十字，真可泣鬼。"这首诗万古流传的魔力，和陈子昂的经历不无关系。

陈子昂生于富贵人家，在他 17 岁之前的岁月里，从不知道读书上学是怎么回事。他每天要做的事就是斗鸡遛狗，吃喝赌博，骂人打架，他的生活跟平常人们眼里的纨绔子弟没什么区别。直到他 18 岁击剑伤人之后，才开始学习诗文。而他确实是一个天才，没几年他就学涉百家，成就非凡。

一个空有才华却没有出身的才子在那时很难出头，陈子昂来到长安，过了一段苦闷的生活。有一天，他在街边散步之际看见有人在出售胡琴，要价昂贵。长安的富豪纷纷赶来观赏查看，却迟迟不敢收入囊中。陈子昂眼见那胡琴人气如此之高，心念电转之间，想到一个主意。他筹钱买下了这把昂贵的胡琴，然后令人们奔走相告，他陈子昂最善胡琴，请大家不日前来聆听他的演奏。

到了约定的日子，长安有名的富豪与音乐爱好者纷纷赶来，陈子昂在他们面前发表了一个讲演。他说我陈子昂才华出众，创作了大量诗文，久居长安却无人问津。而这下等乐工所制一胡琴竟然引来你们的青睐。接着他愤然将胡琴摔在地上，胡琴被摔了个粉碎。众人惊诧万分之际，陈子昂向前来的人们送上自己的诗文。毫无意外，陈子昂出名了。

人有了名气，又有实才，陈子昂很快就中了进士。步入仕途的陈子昂却没有他想象中的平步青云飞黄腾达，多少年来他一直原地踏步。直到则天女皇要登基为帝，陈子昂意识到这是他的机会。在一片反对和沉默之中，陈子昂成为非常突出的女帝的赞颂者和进谏者。

武则天万岁通天元年，建安王出征契丹，陈子昂做了他的随军参谋。次年，军队行进到渔阳，听闻前军兵败，建安王不敢继续前行，陈子昂提出的挽救败局的方案全被他否决，他还因此被建安王降为军曹。愤懑之下，陈子昂登蓟北楼，写出《蓟丘览古》七首，这七首诗可以算得上是《登幽州台歌》的前奏。

可以说，《登幽州台歌》是陈子昂政治生涯最悲愤、最忧郁的情绪出口，是他一生痛苦最直接、最动人的宣泄，这首诗才因此具有如此强烈的情感力量。

在连续的政治打击之后，陈子昂以老父多病奏请归侍。没想到回到家没多久，他父亲病逝。而之后陈子昂无辜被县令加害，过世时 42 岁。

小知识

陈子昂（约公元 661—公元 702 年），唐代文学家，初唐诗文革新人物之一。字伯玉，梓州射洪（今属四川）人。因曾任右拾遗，后世称为陈拾遗。光宅进士，历仕武则天朝麟台正字、右拾遗。受武三思所害，冤死狱中。其存诗共 100 多首，其中最有代表性的是《感遇》诗 38 首，《蓟丘览古赠卢居士藏用》七首和《登幽州台歌》。

卷二

盛唐篇

那个最漂亮的女子唱我的诗

羌笛何须怨杨柳，春风不度玉门关。

王昌龄、高适、王之涣都是唐开元年间很有名的诗人，他们之间交情颇深，常常一起出去游赏。这一日，天寒风冷，空中还飘着细碎的雪花，这三人又相约去酒楼饮酒。那时候三五文人相约去酒楼，就好像现在几个好友相约去咖啡馆一样，是很有情调的事。正巧这一天，碰上酒楼里的歌唱表演。他们喝得正高兴，只见几个衣着华丽的妙龄歌妓陆续来到，摆好姿势，不一会儿乐声响起，演奏歌唱的都是当红的曲子。

王昌龄性子最是跳脱，兴奋地跟高适和王之涣说："我们三个也算是当今诗坛闻名的人物了，平日都听得旁人赞不绝口，却一直未分高下。今天我们暗中观察一下，比一比，看看这些歌妓唱谁的诗最多。"高适和王之涣点点头，心中万分期待。他们这边刚刚商定，就听那边有歌妓唱道：

寒雨连江夜入吴，平明送客楚山孤。
洛阳亲友如相问，一片冰心在玉壶。

王昌龄乐了，得意洋洋地笑道："听到没？已经有我一首绝句了。"高适自斟自饮了一杯，姿态洒然，仿佛毫不在意。王之涣不以为然道："这才刚刚开始呢！"

紧接着，另一个歌妓唱道：

开箧泪沾衣，见君前日书。
夜台何寂寞，犹似子云居。

高适听了，露出一副满意的表情说："也有我一首绝句了。"王昌龄笑着点头，王之涣没说话，一副认真听曲的样子。再有一个歌妓又唱：

奉帚平明金殿开，且将团扇共徘徊。
玉颜不及寒鸦色，犹带昭阳日影来。

王昌龄格外高兴，哈哈大笑："两首了！有我两首绝句了！"现在只有王之涣的诗没人唱过。可是王之涣那神情完全没现出慌张，他成名已久，绝不相信自己的诗没人唱。不过，此刻看王昌龄那分外欠揍的得意之态，他到底有几分不痛快，便咬牙道："你看方才那些歌妓都是落魄潦倒的样子，她们唱的只不过是一般俗曲，哪里唱得出高雅的歌？你们看那边！"

说着王之涣便朝一个方向指去，"那女子是这些歌妓之中长得最漂亮的，如果她不唱我的诗，我甘拜下风，从此以后再不与你们争高下。但要是她唱了我的诗，你们可要自觉认输。"王之涣话音刚落，正巧轮到那个最漂亮的歌妓唱歌了，她的声音竟也是这群歌妓里最为悦耳动听的。她唱：

黄河远上白云间，一片孤城万仞山。
羌笛何须怨杨柳，春风不度玉门关。

王之涣激动了，高声对两位朋友说："你们听！我没瞎说吧？她果然唱我的诗！"三人相视大笑，无比畅快。这一阵哄笑声惊动了那边唱歌的歌妓，她们不明所以，纷纷过来打探，彬彬有礼地问这三位诗人："诸位先生因何大笑？可是我们唱错了什么？"王昌龄摆摆手，把事情经过说给歌妓们听。歌妓们知道眼前三人便是那鼎鼎大名的三位大诗人，争相敬拜，场面极为热闹。直到天色渐晚，三人才尽兴而归。

以衣结缘

今生已过也，重结后生缘。

唐开元年间，那是备受国人推崇的盛世。那个时候，大唐国力强大、文艺鼎盛、人才济济。而那个盛世的宫女，跟每个朝代的宫女没有什么不同，同样被锁在重重宫墙里不见天日，一样眼睁睁看着本就没有颜色的青春随着没有意趣的日子消逝而去，毫无办法。

有一天，她们繁琐的工作又增加了一项——玄宗皇帝下了诏令，让她们为守边防的将士们缝制衣裳。有人迭声抱怨，有人逆来顺受，有人平静领命，有人张扬自显，原本如死水一般的后宫悄悄涌起一股暗流，而它会激起什么样的波澜，还没有人知道。

待到那一年的冬装做好，朝廷立即派人将军衣运到边城，分发给众位将士。一个士兵兴冲冲抱着新衣回去，上下左右来回比画，再看着那细腻平整的针脚，开心得不得了。而当他试穿这身衣裳时，短袍里飘下一张字条。他拾起字条一看，几行娟秀的字迹映入眼帘：

沙场征戍客，寒苦若为眠！
战袍经手作，知落阿谁边？
蓄意多添线，含情更着绵。
今生已过也，重结后生缘。

这不知是哪位宫女，还没被深宫寂寞窒息，还向往爱情期待爱情，心里藏不住，便藏进衣袍里。看她字里行间，似乎对今生已绝望，只待来世，也就是说，她并不期待这字条让谁得了去，会发生什么故事，她只是希望这张字条带着她的梦去呼吸宫墙外自由的空气。

士兵盯着字条看了半晌，左右为难，最后还是决定如实向长官汇报。长官听了觉得这事闻所未闻，再加上牵扯到后宫宫女——即便是最低等的女仆，那也是皇上的女人——于是，差人将字条送进宫中，呈皇上御览决断。

玄宗皇帝见了这首诗，什么也没说，只令贴身太监遍示宫人，查问作者何人。后宫哗然，好似一石激起千层浪，人人战战兢兢只盼避过这一祸。有些宫女怨恨无端受人牵累，小声议论："入了宫，就该把那些旁的心思掐灭了，还想着惹事生非，简直罪该万死。"

作诗的宫女于是更加沉默，不敢承认是自己所写。她早前根本没有意识到，一个少女天真美好的梦，做错了时节就是断魂的罪，这回可谓是一语成谶，只怕真要去"重结后生缘"了。

皇帝久久查不出人来，竟没有大发雷霆，而是打发人将缝制军衣的宫女全部召集来，发话说："不要害怕隐瞒，朕不怪罪。"那作诗的宫女口称"万死"，然后惶惶不安地跪下，等待皇帝发落。皇帝笑道："诗很感人，让我给你结个今生缘吧！"遂把她嫁给了那得诗的士兵。

后世一直流传着玄宗皇帝这段佳话，而没有人管这宫女嫁得幸福不幸福，那士兵有没有好好爱护她、怜惜她。也无所谓吧！再不济也比老死深宫强。女人如衣服，鲜亮的时候有人肯穿，不必等到褪色破旧了以后任人丢弃，也算好命，那便到谁手里就是谁的吧！

独特的送别

桃花潭水深千尺，不及汪伦送我情。

李白曾游历到安徽泾县，遇到了汪伦。这个汪伦是什么人，史料上没有明确的记载。根据李白的一些诗文，我们可以作一个这样的推测：汪伦其实不是什么达官贵人，但是家境富裕，而且极为好客，遇到游历的李白便把他请到家中小住。李白和汪伦两人一见如故，十分投契。

据说，汪伦还特别擅长酿酒，他家自酿的美酒深得李白的喜爱。李白住在汪伦家那几日，对汪伦家的佳醪甚为迷恋陶醉，有他的两句诗为证："酒酣欲起舞，四座歌相催"、"酒酣益爽气，为乐不知秋"。可见诗人在汪伦家喝得有多么尽兴愉悦。

等到李白要离开泾县的时候，汪伦前来送行，于是李白写下这首著名的《赠汪伦》：

李白乘舟将欲行，忽闻岸上踏歌声。
桃花潭水深千尺，不及汪伦送我情。

从这首诗我们就可以推想出当时那个透着洒脱的惜别场景。李白已经踏上了离开的船只，刚刚离岸，汪伦却不期而至。他人未到歌先至，那热情爽朗的歌声让李白一下子就料定是汪伦来送行了。这种送行，完全没有传统礼数的生硬之感，一切都是自然而然发生的，"忽闻"里带点儿温暖的惊喜，又透出两人随性洒脱、不拘俗礼的性格。接着，李白表达出自己对这段情谊的珍视：纵然桃花潭水有千尺深，也比不上你送我的情谊。

清人袁枚在《随园诗话》之中，还有一段这样的记载：

唐朝有个叫汪伦的人，是泾县的富豪。他听说李白游历山水，马上就要到他那儿了，便写了一封信远远送去表示对李白的欢迎。信上说：李先生喜欢游赏吗？我这里有十里桃花。李先生喜欢喝酒吗？我这里有万家酒店。李白看了信后兴致勃勃地前往，谁知见到汪伦，汪伦告诉他："我说的桃花，是潭水的名字，我这里可没有桃花。我说的万家可不是一万家，而是酒店东家姓万。”李白听了哈哈大笑。

我很喜欢李白这个哈哈大笑的反应，透着一个大诗人的坦荡和豁达，那是一种精神上的真正自由。不知道现代所谓大师有多少能经得起这样的玩笑。从这个小故事来看，汪伦也实在是个有意思的人，粗豪里透着一点狡黠，放旷里带着一点儿幽默，难怪能跟李白在短短几日成为挚友。

小知识

李白（公元701—762年），字太白，号青莲居士。有“诗仙”之称，是伟大的浪漫主义诗人。祖籍陇西郡成纪县（今甘肃省平凉市静宁县南），出生于蜀郡绵州昌隆县（今四川省江油市青莲乡），一说生于西域碎叶（今吉尔吉斯斯坦托克马克）。逝世于安徽当涂县。其父李客，夫人有许氏、刘氏等4位，育二子（伯禽、天然）一女（平阳）。存世诗文千余篇，代表作有《蜀道难》、《行路难》、《梦游天姥吟留别》、《将进酒》等诗篇，有《李太白集》传世。

不甩天子的大牌诗人

天子呼来不上船，自称臣是酒中仙。

兴庆宫是唐玄宗处理政务和居住的地方，内有一个湖泊叫做龙池，也叫兴庆池。据说这个龙池之所在本来也是陆地，但是因为地势低洼，长期积存了许多雨水，渐渐就成了一个小池子。唐玄宗入住兴庆宫后，这小池子上便常有云蒸霞蔚之气，甚至池中还有黄龙若隐若现。后来玄宗皇帝命人从长安城外引浐水入池，池水面积大增，深度也达数丈，景色愈发优美。这样的地方，便自然而然成为玄宗游乐宴席的好去处。

龙池的东面有个沉香亭，亭下种满了不同颜色不同品种的牡丹花。春天一到，这里的牡丹花竞相开放，娇艳无比。天宝初年春，唐玄宗带着他最喜爱的杨贵妃游宫赏花，还让以李龟年为首的宫廷乐师16人，来此奏乐唱歌以助游兴。乐师唱了一会儿，唐玄宗不耐烦了，让他们停下，说："朕今日携贵妃赏花，怎么能再听旧曲？"便让李龟年速速去叫翰林学士李白来填写新词再唱。

这个时候，李白正与贺知章等人在酒楼喝酒呢！李龟年从翰林院向城内浐水旁的一个小酒馆寻去。一进酒馆，就听见有人高歌：

三杯通大道，一斗合自然。
但得酒中趣，莫为醒者传。

李龟年喜出望外：这是李白的声音，终于找到他了。李龟年赶紧上楼，结果看到李白酩酊大醉，趴在桌上，他对醉酒的李白说道："李学士，我奉旨来召您到沉香亭见驾。"李白醉眼迷蒙，全不理会李龟年，醺醺然道："臣是酒中仙，我醉欲眠君且去！"他竟然拒不奉召，趴在桌上自顾自睡过去了。关于这件事，杜甫写了一首《饮中八仙歌》：

知章骑马似乘船，眼花落井水底眠。
汝阳三斗始朝天，道逢曲车口流涎，恨不移封向酒泉。
左相日兴费万钱，饮如长鲸吸百川，衔杯乐圣称避贤。
宗之潇洒美少年，举觞白眼望青天，皎如玉树临风前。
苏晋长斋绣佛前，醉中往往爱逃禅。
李白一斗诗百篇，长安市上酒家眠，天子呼来不上船，
自称臣是酒中仙。
张旭三杯草圣传，脱帽露顶王公前，挥毫落纸如云烟。
焦遂五斗方卓然，高谈雄辩惊四筵。

其中"天子呼来不上船，自称臣是酒中仙"两句广为人知，几乎成为代表李白之个性的经典名句。这样放旷潇洒的诗人，古今中外，怕也只出了一个李白。

小知识

李龟年，唐时乐工，善歌，还擅吹筚篥；擅奏羯鼓，也长于作曲等。他与李彭年、李鹤年兄弟创作的《渭川曲》，特别受到唐玄宗的赏识。安史之乱后，李龟年流落到江南，每遇良辰美景便演唱几曲，常令听者泫然而泣。李龟年作为梨园弟子，多年受到唐玄宗的恩宠，与玄宗的感情非常人能及，唱了王维的一首《伊川歌》："清风明月苦相思，荡子从戎十载余。征人去日殷勤嘱，归燕来时数附书。"表达了希望唐玄宗南行的心愿。唱完后他突然昏倒，4天后李龟年又苏醒过来，最终忧郁而死。

代价最贵的诗

云想衣裳花想容，春风拂槛露华浓。

唐玄宗带着杨贵妃赏牡丹，要听乐工唱新词，于是派人去请李白来写。李白当时喝得酩酊大醉，被人抬到了沉香亭。唐玄宗看李白那醉得不省人事的样子，特别优待他，免去了他的跪拜之礼，还让人在沉香亭旁边铺上一块毛毯子，等李白睡醒。其间李白睡得香甜，口角流涎，唐玄宗还亲自用龙袍的袖口为他擦拭。

不一会儿，李白从睡梦中醒来，可是他的酒还没醒。他迷迷糊糊听玄宗皇帝说："今日与贵妃赏花，不欲听旧曲，特召卿来作新词。"

说罢，命人摆好笔墨纸砚，李白席地而坐，开始构思。李白方一拿起笔，觉得穿着靴子不是很舒服，便朝皇帝身边那个老宦官伸长了腿，毫不在意地说道："帮我把靴子脱下来。"

这个老宦官是深得玄宗宠信的高力士。高力士是宦官之首，平日仗着玄宗的宠信作威作福，朝廷的官员都不敢得罪他。

而今，一个小小的翰林学士居然让他这个专门侍候皇帝的宠侍为他脱靴子，几乎令他气昏过去。虽然怒火中烧，可是高力士面无愠色，他偷偷看了眼皇帝的脸色，发现玄宗皇帝并无异样，对这件事一点也不在意。高力士知道这个羞辱是逃不过去了，于是装作满不在乎的样子，笑嘻嘻道："李学士果然醉得不轻。"然后跪下来为李白脱掉了靴子。接着，李白提笔写了《清平调词三首》：

云想衣裳花想容，春风拂槛露华浓。
若非群玉山头见，会向瑶台月下逢。

一枝红艳露凝香，云雨巫山枉断肠。
借问汉宫谁得似，可怜飞燕倚新妆。

名花倾国两相欢，长得君王带笑看。
解释春风无限恨，沉香亭北倚阑杆。

唐玄宗和杨贵妃拿到诗反复吟诵，爱不释手，立即命乐工演唱起来。

但高力士对李白当众羞辱他这件事怀恨在心。有一次，他陪着杨贵妃赏花，杨贵妃一时高兴，唱起了李白写给她的《清平调》。高力士听完，故作惊讶地说："难道娘娘听不出来李白对您的侮辱吗？"杨贵妃奇怪地问他怎么回事。

高力士说："您看诗里那一句'借问汉宫谁得似，可怜飞燕倚新妆'，赵飞燕是汉朝最为放荡的皇后，李白将她跟您相比，不是侮辱您吗？"接着高力士又添油加醋地制造了许多谣言。

杨贵妃听信了高力士的话，对李白的印象急转直下。她还经常在玄宗面前对李白多加抱怨，唐玄宗对李白也便渐渐疏远了。

李白终于意识到，他的政治抱负不可能实现了。第二年春，他奏请辞官，玄宗顺水推舟地批准了。那三首清平调词实在堪称历史上代价最贵的诗了，写出来的代价是天子派人去请，天子宠信的宦官为李白脱靴；写完以后的代价是仕途黯淡，有志难伸。

小知识

高力士（公元684—762年），本名冯元一，是中国唐代的著名宦官之一。祖籍高州良德霞洞堡（今广东电白县霞洞镇）人，曾任潘州刺史。他幼年时入宫，由高延福收为养子，遂改名高力士，受到当时女皇帝武则天的赏识。玄宗朝，其地位达到顶点，由于曾助唐玄宗平定韦皇后和太平公主之乱，深得玄宗宠信，终于累官至骠骑大将军、进开府仪同三司。

被讽刺的荔枝

一骑红尘妃子笑，无人知是荔枝来。

公元8世纪中叶，大唐处于其辉煌的顶峰，而帝国统治者唐玄宗也找到了自己一生至爱的女人——杨玉环。

杨玉环出生在四川成都一个官宦家庭，她的曾祖父杨汪是隋朝的上柱国、吏部尚书，为太宗李世民所杀。她的父亲杨玄琰是蜀州司户。她从小学习音律、舞蹈等，接受了良好的教育，再加上她姿色超凡绝伦，在16岁的时候，被唐玄宗的宠妃武惠妃选为寿王妃。

公元740年，56岁的唐玄宗第一次看见22岁的杨玉环。就这么一眼，唐玄宗便坠入了情网。杨玉环的绝色和柔美，以及她的艺术才华，都使唐玄宗无法抗拒。

杨玉环是唐玄宗的儿媳妇，可是这个身份并不能阻挠唐玄宗想要得到她的心。他的祖母武则天就曾经是太宗的嫔妃，后来又成为太宗儿子高宗的皇后，在婚姻方面，唐朝的社会环境似乎出奇地宽容。唐玄宗以“做女道士”为名召杨玉环入宫。公元745年，唐玄宗正式册封杨玉环为贵妃。杨贵妃由此成为大唐最尊贵的女人。

在年老的唐玄宗眼里，杨贵妃是一个天赐的完美女人。杨贵妃精通音律，尤其擅长琵琶弹奏，她的诗歌才华也非常出众，《全唐诗》里就收有她的诗歌，杨贵妃的舞蹈更是人人称道。

唐玄宗渐渐开始疏忽朝政，痴迷于艺术，对深陷情网的唐玄宗而言，所有的繁华都是过眼烟云，只有艺术和他跟杨玉环的爱情，才是永恒的。

杨贵妃生于四川，喜欢吃荔枝。但是据说南海的荔枝比四川的还要好吃。为了博得美人一笑，帝国原本用来转运紧急公文的驿马却昼夜不停地从南方向皇宫运送荔枝。

而且为了保持杨贵妃能够吃到新鲜的荔枝，骑手必须快马加鞭一刻不停地奔跑。从遥远的南方到长安，无数的驿站参与到这件事情当中。杜牧《过华清宫》写到了这一场景：

长安回望绣成堆，山顶千门次第开。
一骑红尘妃子笑，无人知是荔枝来。

根据史料记载，开元后期官僚集团日渐庞大，效率却大大降低。开元盛世持续了30年，在帝国到达顶峰的时候，走入了浮华之中。杜牧这首诗对唐玄宗为讨妃子欢心而劳师动众的荒唐举止充满了讽刺，但荔枝在这里却遭到了无妄之灾，跟着这首诗接受了千年的嘲讽。

小知识

杨贵妃(公元719—756年)，即杨玉环，原籍蒲州永乐(今山西永济)。开元七年(公元719年)六月一日生于蜀州(今四川崇州)。开元二十三年，17岁的杨玉环被册封为寿王妃(寿王李瑁，李隆基第十八子)。天宝四年，27岁的杨玉环被李隆基册封为贵妃，距杨玉环被册封为寿王妃整整10年。天宝十五年(公元756年)六月十四日，随李隆基流亡蜀中，途经马嵬驿，禁军哗变，38岁的杨贵妃被缢死，香消玉殒于马嵬坡。

以退为进本来是个妙招

无心与物竞，鹰隼莫相猜。

张九龄在历史上是个人人称道的贤相，《新唐书》评价他："议论必极言得失，所推引皆正人。"《旧唐书》赞他："文学、政事，咸有所称，一时之选也。"可见其人格魅力与民间声望。

唐玄宗在位日久，之前做出了很多成绩，慢慢变得对政事懈怠，并且安于享乐。张九龄尽一个臣子的责任，对玄宗多加劝告。而由于玄宗宠妃武惠妃的关系，李林甫得以执掌大权。李林甫这个人和张九龄完全不一样，他不学无术，嫉贤妒能，口蜜腹剑，然而他很会讨玄宗的欢心。向来是忠言逆耳，玄宗会宠信谁自然不言而明。

张九龄和李林甫之间的不和是多方面的，在人事任命上到了不可调和的程度。事情是这样的，凉州都督牛仙客很会开源节流，累积下一些资财，仓库非常充实，玄宗因此对他甚为欣赏，想提拔他做尚书。张九龄有意见："根据我朝惯例，尚书一般任用旧相，或者是德才兼备威信也很高的人。牛仙客一个小官突然升任到尚书，满朝官员都不会服气的。"

既然提拔不成，玄宗又想实封他，张九龄又有意见："实封是用来奖赏有功之臣，牛仙客不过做好了分内之事，当不起那么大的恩赏。"玄宗怒了："张九龄，你不就是看不起他出身寒微吗？你也不看看自己是什么门厅走出来的！"

张九龄看出玄宗的怒意了，连忙叩头赔罪，然而嘴上的道理却丝毫不让：“陛下，我虽出身寒微，但我毕竟是考中进士入朝为官。而牛仙客连字都认不得几个，若提拔了他，岂不寒了饱学之士的心？”玄宗哑口无言。

张九龄确实句句是道理，字字发自真心，但是玄宗肯平心静气地去反思自己吗？显然，这时候的玄宗已不是当初那个雄才大略、杀伐决断的人了，他对张九龄这一番反驳恼恨到了极点。

李林甫脑子灵，嘴巴甜，他背着张九龄对玄宗说：“牛仙客分明是当宰相的材料，更何况是个尚书？那张九龄读书读傻了，只会照本宣科地办事。牛仙客的才学是不行，可是他能力出众，只有陛下才有这般慧眼识得如此人才，提拔他有什么不对？”

这话玄宗爱听，命高力士在秋风萧瑟之时赐张九龄白羽扇，暗示他将被弃置不用的意思。张九龄心内惶恐，作《白羽扇赋并序》献给玄宗，同时作《归燕诗》送给李林甫：

海燕何微眇，乘春亦暂来。
岂知泥滓贱，只见玉堂开。
绣户时双入，华堂日几回。
无心与物竞，鹰隼莫相猜。

李林甫看了这首诗很高兴，张九龄表明了不与他相争的意思。后来裴耀卿被罢免，自此，张九龄和裴耀卿在上朝时十分谦卑，而李林甫则表现出一副趾高气昂的样子。这样，人们私下议论，李林甫这是“一雕挟两兔”。很快，玄宗的诏书下来了，令张九龄、裴耀卿为左右仆射，罢知政事。李林甫见此诏令大怒，他本以为两人会被贬出朝廷呢！

其实，张九龄若以退为进处理，未尝不是个妙招，可惜，他是真的想退了。

小知识

张九龄（公元 678—740 年），字子寿，一名博物，韶州曲江（今广东韶关市）人。唐开元尚书丞相，著名政治家、文学家、诗人。长安年间进士。官至中书侍郎同中书门下平章事，后罢相，为荆州长史。诗风清淡，有《曲江集》。他的五言古诗，以素练质朴的语言，寄托深远的人生慨望，对扫除唐初所沿习的六朝绮靡诗风，贡献尤大，被誉为“岭南第一人”。

卷三

中唐篇

赋诗一首也能解人困难

看花满眼泪，不共楚王言。

宁王李宪贵为唐玄宗的大哥，自是显贵无比。他这个人十分好女色，不断抬姬妾入府，达到数十人之多，可是仍然不满足，每每遇到了长得漂亮的女子，必定用尽手段收为己有。

长安城内有个卖饼人的妻子，生得纤白明丽，姿色动人，哪怕穿着布衣不加装扮都十分吸引人。李宪在城内闲逛，无意中对那卖饼人妻子惊鸿一瞥，便再也忘不掉了。

回到府中，他觉得自己的姬妾们怎么看都不若那卖饼人的妻子好看，他无心跟她们玩乐，也无法欣赏她们的歌舞。李宪想，我贵为宁王，看上一个卖饼人的老婆，是她的福气，为什么不能得到？于是他决定要把那女子据为己有。

李宪先是送了卖饼人丰厚的礼品，再派人软硬兼施地利诱威胁他一番。卖饼人想，自己只是一个平头百姓，民不与官斗，况且那位还不是个一般的官，那是皇帝的亲哥哥。他只好又无奈又害怕地把宁王的心思告诉了妻子，劝说妻子跟随宁王而去。李宪顺利得到了自己心想的美人，宠爱非常，几乎日日夜夜都陪伴着她。

这样过了一年，一日，李宪正在与他的美人调笑，他看着美人明艳的笑容，心中忽然一动，突然止住笑严肃地问她："你还记得那个卖饼的人吗？"

只见美人脸色一变，低垂着头，半晌轻轻答道："我记得。"李宪有点不高兴了，但他又想，这两人毕竟夫妻一场，也不是能够说忘记就忘记的。他想了想，命人把那卖饼人召来，让这两个人见上一面，看看他的美人有什么反应。

卖饼人来到的时候，宁王正在设宴招待客人，他的美人就坐在他的旁边，他也不避讳，让卖饼人到厅堂上来。

夫妻两人相隔一年终于见上一面，他们不约而同想起一年前被硬生生拆散的情景，禁不住泪流满面。当时宁王宴请的多为文人雅士，也知道些宁王那位宠姬的来历，无不心有戚戚焉。宁王看看那夫妻俩，又看看在座客人，不高兴地摸了摸鼻子，感觉丢了面子。他想了个方法给自己一个台阶下，就是命在座文人就此事赋诗一首。

王维当时也在宾客之中，他才思敏捷，直率敢言，别人还没构思好，他已完成了一首五言绝句：

莫以今时宠，能忘旧日恩。
看花满眼泪，不共楚王言。

诗的意思是说，不要以为今天宁王殿下宠着你，你就忘记了旧日的恩情，你知道当年息夫人的例子吗？听到这几句，其他宾客担心地看着宁王，再也不敢继续吟咏自己的诗作了。谁料宁王反复吟着这几句诗，神色间竟然是颇为触动，毫无发怒的迹象。他叹口气，大笑着命卖饼人把自己的妻子领回去，成全了他们。

在有些事情上，有时候一首诗比枯燥的说教和啰唆的唠叨更有用。

小知识

王维（公元 701—761 年），字摩诘，祖籍山西祁县，唐朝诗人，人称"诗佛"。今存诗 400 余首。王维精通佛学，佛教有一部《维摩诘经》，是维摩诘向弟子们讲学的书，王维很钦佩维摩诘，所以自己名为维，字摩诘。王维诗书画都很有名，音乐也很精通，非常多才多艺。

男子爱簪花

欣逢睿藻光韶律，更促霞觞畏景催。

穿裙子不是女性的专利，苏格兰人视短裙为正装，尤其是男子穿来更是别有一番味道。而簪花也非女性专有，中国古代的男子爱花、爱戴花的程度，可是须眉不让巾帼的。

这种戴花的爱好甚至在民俗里都有体现，九九重阳登高，要饮菊花酒，还要折茱萸花插在头上，有王维诗为证："独在异乡为异客，每逢佳节倍思亲。遥知兄弟登高处，遍插茱萸少一人。"杜牧还说："尘世难逢开口笑，菊花须插满头归。"

百姓爱戴花自不待言，为官者更是有过之而无不及，尤其是能得到一朵皇帝赐予的花来戴，那更是无上的荣耀。

很多史料都有记载类似的事情。据说唐玄宗的儿子汝阳王李琎随玄宗游幸，常戴砑绡帽打曲，皇帝一高兴，便摘了一朵槿花给他戴上，他高兴得舞了一曲《山香》，头上的花完全没有落下来。

《开元天宝遗事》记载了这么一件事，唐玄宗李隆基某个春天设宴款待群臣，席上学士苏颋有应制诗，诗中一句"飞埃结红雾，游盖飘青云"很得皇帝赞赏，玄宗"遂以御花亲插颋之巾上"，这件事深为时人所羡慕。

皇帝钦赐花朵佩戴是一种荣耀，唐朝甚至还发生过为了得到皇帝钦赐的花，不惜在朝堂上抢夺的事件。那是在中宗在位之时，正月八日立春，宫廷拿出彩花赐给近臣。当时武平一作了一首应制诗《奉和立春内出彩花树应制》：

銮辂青旂下帝台，东郊上苑望春来。
黄莺未解林间啭，红蕊先从殿里开。
画阁条风初变柳，银塘曲水半含苔。
欣逢睿藻光韶律，更促霞觞畏景催。

中宗见此诗，批示说："平一虽然年少，但是诗写得惊策清新，喜红花之先开，讶黄莺之未啭，往复吟咏，令人叹赏。今更赐花一枝，以表彰其美。"武平一以两花左右交插，戴于头上，拜谢皇帝。

当时在场的还有一个叫崔日用的人，他对武平一得了两朵学士花非常愤怒，于是趁着酒醉，想要抢夺武平一的花。

做人真不能有什么非分之想，正当崔日用将要抢下花朵时，正巧被帘下的中宗看见。崔日用、武平一两人忙跪下请安，皇帝就问武平一："日用为何要抢夺你的花？"武平一答："读书万卷，从日用满口虚张；赐花一枝，学平一终身不获。"皇帝听了哈哈大笑，因而又赐了武平一一杯酒。人们知道这件事就更羡慕了。

古代男子爱簪花，尤其是皇帝赐的花，本无可厚非。但是，还是要注意一下戴花的姿态。

小知识

武平一，名甄，以字行，颍川郡王载德子。博学，通《春秋》。武后时，畏祸不与事，隐嵩山，修浮屠法，屡诏不应。中宗复位，平一居母丧，迫召为起居舍人，丐终制，不见听。景龙二年，兼修文馆直学士，迁考功员外郎。虽预宴游，尝因诗规戒。明皇初，贬苏州参军。徙金坛令。既谪，名亦不衰。开元末卒。诗一卷。

才华是羡慕嫉妒恨不来的

日暮吹箫杨柳陌，路人遥指凤凰楼。

李端，唐诗人李嘉佑的侄子，大历十才子之一。李端小时候居于庐山，跟从诗僧皎然读书，因此为人淡泊名利，特别羡慕僧侣的生活。大历五年，李端中进士，被任命为秘书省校书郎。不过李端体弱多病，不久就辞官养病，居住在南山草堂寺了。

朝廷没有忘记他，没过多久，诏令下来任他为杭州司马。李端从内心深处厌恶官场，上次因身体原因辞官，一半是真一半是假，这次看来无论如何也躲不过去了，他便在虎丘山下购置田园居住。后来他移居衡山过起了隐居生活，自号“衡岳幽人”。那才是他要的生活，没有繁杂的政事和人际来往，窗下读书，登高望远，时间缓缓流淌，凝钝得仿佛不存在，岁月如此静好。

其实，李端早年在长安活动的时候，因其才华风流而备受推崇，若不是他天性不热衷社交生活，一定会成为长安上流社会的社交高手。

他那时与处士京兆柳中庸、大理评事江东张芬一起唱和，初来长安得到这些人的大力推崇举荐，又因有真才实学，诗名大震。

驸马郭暧，贤明有才，招贤纳俊，常常邀请这些才子俊杰入府宴饮，李端等正在其中。后来郭暧升官，更是大排宴席，席间请李端赋诗一首来应景。李端几乎不假思索，顷刻而成，吟咏道：

青春都尉最风流，二十功成便拜侯。
金距斗鸡过上苑，玉鞭骑马出长楸。
熏香荀令偏怜少，傅粉何郎不解愁。
日暮吹箫杨柳陌，路人遥指凤凰楼。

郭暖听了十分欣喜，四座皆赞叹不已。唯独钱起不服气，他不否认这诗的好，但是他说："诗虽然是好诗，但我不相信是你这一时半刻想到的，定是你事先构思准备好了，才在这时念出来的。你若是以我的姓做韵，立刻再作一首诗，我就服你。"李端听后，也不辩解，又立时献诗一首：

方塘似镜草芊芊，初月如钩未上弦。
新开金埒看调马，旧赐铜山许铸钱。
杨柳入楼吹玉笛，芙蓉出水妒花钿。
今朝都尉如相顾，愿脱长裾学少年。

这首诗便符合钱起的韵脚要求了。虽然用了邓通（汉文帝男宠，失宠后被饿死）的典故真是不太吉利，而且"愿脱长裾学少年"实在有点儿罔顾身分逢迎拍马的意思，但总体来说，意境尚可，脱口而出的诗作能达到这个水准，其才华是不容置疑的。钱起终于心悦诚服。

不管钱起出口刁难是由于羡慕、嫉妒还是恨，反正真正的才华是不会被掩埋的，也是羡慕嫉妒恨不来的。

小知识

李端（约公元743—782年），字正己，赵州（今河北赵县）人。少居庐山，师诗僧皎然。大历五年进士，曾任秘书省校书郎、杭州司马。晚年辞官隐居湖南衡山，自号衡岳幽人。今存《李端诗集》三卷。其诗多为应酬之作，多表现消极避世思想，个别作品对社会现实亦有所反映，一些写闺情的诗也清婉可诵，其风格与司空曙相似。李端是"大历十才子"之一，在十才子中年辈较轻，但诗才卓越，是"才子中的才子"。他的名篇《听筝》入选《唐诗三百首》。

天衣无缝的借用

曲终不见人，江上数峰青。

许多人喜欢把相似或相关的人和事物放在一起比较，钱起作为一个有名的诗人自然也逃不过被比较的命运。当他听到人们广为流传的口诀“前有沈、宋，后有钱、郎”的时候，他分外不高兴，他认为郎士元凭什么跟他比。又有人把钱起和刘长卿放在一起比较，但是在后人的评论中，钱起的诗作是远远逊色于刘长卿的。但是不管怎么说，钱起仍是一个很出色的诗人。

钱起小时候就很聪明，得到乡里无数人赞赏。有一次他随人到京口，住进当地的旅店。晚上他一个人在房间里感到十分无聊，正想出去散散步，忽然听到有人吟诵诗歌。钱起竖起耳朵仔细听那人吟诵的句子，只听到反复的两句：“曲终不见人，江上数峰青。”钱起立刻打开门向外奔去，企图寻找到吟诗的人，可惜一无所获。钱起记下了这两句诗，也没太在意便回了房间。

唐天宝十年，钱起参加“粉闱”考试，当时的试题是《湘灵鼓瑟》，要求应试者写一首五言律诗。钱起对于《楚辞》格外熟悉，这就是出自《楚辞·远游》里的句子：“使湘灵鼓瑟兮，令海若舞冯夷。”钱起想这是他的强项，立刻就可信手拈来。但是在真正进行构思创作的时候，他却遇到了难题，最后两句始终想不到合适的句子，他久久无法完成自己的诗作。而后他忽然想起小时候那晚听到的句子，那句词的韵脚跟自己所作诗歌的韵脚都属于“九青”部，正好合适。于是，钱起把那两句诗作为了自己诗稿的结尾句，全篇看来天衣无缝。就这样，钱起满怀信心地提前交了卷。

那次考试的主考官叫李時，他拿到钱起的卷子端详了一番：

善鼓云和瑟，常闻帝子灵。
冯夷空自舞，楚客不堪听。
苦调凄金石，清音入杳冥。
苍梧来怨慕，白芷动芳馨。

流水传湘浦，悲风过洞庭。

曲终人不见，江上数峰青！

李玮摇头晃脑反复诵读，拍案叫绝道："这种高妙空灵的结句，只有神明相助才写得出来啊！"于是他把钱起置于高第。考试结果出来之后，钱起任职校书郎。钱起的诗还得到王维的赞赏，王维称他的诗颇有"高格"。后来苏东坡、秦少游等人凡用到"湘灵鼓瑟"这个意象的时候，几乎都以钱起这首诗为蓝本，竟然忘记了其最早来自于《楚辞》！

小知识

钱起(约公元710—780年)，字仲文，吴兴(今浙江湖州市)人，天宝十年赐进士第一人，曾任考功郎中，故世称钱考功，翰林学士，与韩翃、李端、卢纶等号称"大历十才子"。钱起当时诗名很盛，音律和谐，时有佳句，其诗多为赠别应酬、流连光景、粉饰太平之作，与社会现实相距较远。然其诗具有较高的艺术水平，风格清空闲雅、流丽纤秀，尤长于写景，为大历诗风的杰出代表。

人贵有自知之明

为报高唐神女道，速排云雨候清词。

唐敬宗时候，白居易调任苏州刺史，自三峡沿江赴郡。当时在秭归县有个叫繁知一的人，他听说白居易马上就要经过巫山了，便立刻先到白居易必经必游的神女祠去了一趟，在神女祠粉壁上题了一首诗：

苏州刺史今才子，行到巫山必有诗。
为报高唐神女道，速排云雨候清词。

这实在是一首拍马屁的好诗。白居易看了之后，内心的高兴自不待言。他问出这是繁知一的杰作，便特地把繁知一邀请过来同游神女祠。繁知一恭敬地跟在白居易身边答话，突然他对白居易说起一桩典故："刘禹锡治理白帝3年，一直想作一首诗留在这里，但是却一直没作成。他离开时从这里经过，把这里原有的1 000多首题诗全命人抹去了，只留下了4首诗而已。这四首诗，真是堪称古今绝唱。许多人来这里想作诗留念，只是一看到那四首诗，都感觉无颜留下自己的文字。后来更没有人敢随便乱写了。"

白居易听到这里明白了，这个繁知一也不光是拍他马屁，看来是真心希望有人能够在此再题上一首诗。而白居易是大名鼎鼎的诗人，繁知一对他抱有莫大希望，认为凭白居易的诗才，定能

作出一首与那四首相提并论，甚至超出一筹的好诗来。白居易一下琢磨出繁知一的心事，又看到繁知一一脸期待的样子，心想“就实现你的愿望好了”。此时的他对自己信心十足，慢慢踱到粉壁前仔细诵读那前人留下的4首诗：

沈佺期：

巫山高不极，合沓状奇新。
暗谷疑风雨，幽崖若鬼神。
月明三峡曙，潮满九江春。
为问阳台客，应知入梦人。

王元竞：

神女向高唐，巫山下夕阳。
徘徊作行雨，婉娈梦荆王。
电影江前落，雷声峡外长。
朝云无处所，台馆晓苍苍。

皇甫冉：

巫峡见巴东，迢迢出半空。
云藏神女馆，雨到楚王宫。
朝暮泉声落，寒暄树色同。
清猿不可听，偏在九秋中。

李端：

巫山十二峰，皆在碧虚中。
回合云藏日，霏微雨带风。
猿声寒度水，树色暮连空。
悲向高唐去，千秋见楚宫。

白居易反复吟诵这四首诗，越品越有味道，然后心里打了无数腹稿，又一一推翻。半天过去了，他也作不出一首，不说超越，哪怕能与这四首相媲美的也没有。白居易看着繁知一微笑着叹口气，转身离开了神女祠，带着繁知一一同渡江去了，那诗终究是没有作成，繁知一的愿望也没实现。

就算白居易胡乱作一首诗，繁知一也会拍手称好。只不过人贵有自知之明，白居易自知不如人家，也便不强撑着献丑。怪不得他一生能够得以善终呢！

好诗都是“推”“敲”出来的

鸟宿池边树，僧敲月下门。

贾岛是唐朝著名的苦吟派诗人。所谓苦吟派诗人，就是会为了一首诗中某个句子或者某个词某个字，呕心沥血、苦思冥想。据说，贾岛曾经用几年的时间作一首诗，有诗《题诗后》为证：

两句三年得，一吟双泪流。
知音如不赏，归卧故山丘。

苦吟派的贾岛作诗特别讲究炼字，而谈及炼字，还有那么一个典故。一次，贾岛赴京赶考，他骑着毛驴，全然不顾及自己正在赶路，既不管毛驴奔跑的方向，也不看路况，一副走神的样子。原来此时，他正在思索一首诗：

闲居少邻并，草径入荒园。
鸟宿池边树，僧敲月下门。
过桥分野色，移石动云根。
暂去还来此，幽期不负言。

这首诗其他词句他都很满意，唯独“鸟宿池边树，僧敲月下门”令他拿不定主意，到底是“僧敲月下门”好，还是“僧推月下门”好？“推”字恰当，还是“敲”字恰当呢？推……敲……推……敲……贾岛纠结在这两个字上入了神，嘴里念念有词地叨念着，手里还一边比画着“推”、“敲”的动作，不知不觉，竟任由毛驴驮着他闯进了一个官员的仪仗队里去。这官员便是韩愈。

韩愈走过来问贾岛："你为什么到处乱闯?"贾岛知晓此人便是诗文大家韩愈，恭恭敬敬行了礼，说自己绝无冒犯的意思，只是想问题想得太入迷才冲撞了他。

接着，贾岛把自己所作的那首诗念给韩愈听，再把自己对"推"、"敲"两个字的纠结告诉韩愈。韩愈听后略加思索，对贾岛说："我觉得还是用'敲'好。去到别人家拜访，若人家门户紧闭，'推'如何推得开。而且，夜深人静之时，用'敲'字使得一片静谧中出现一点声响，更衬托那和谐幽静的意境，动中有静，静中有动，使得整个句子跌宕起伏、跃然活泼。你认为呢?"

贾岛听了豁然开朗，连连点头。他不仅没有受到韩愈的处罚，还跟韩愈交上了朋友。韩愈也颇为欣赏这个喜欢咬文嚼字的年轻人，自此来往频密，相互切磋学问。

这就是"推敲"一词典故的由来。而我认为这个典故最大的意义是，它暗含了一种别样的思维方式。贾岛在思考"推"、"敲"二字哪个更合适的时候，不自觉地把自己代入了那种情景之中，还做着手势一遍一遍地推演，这其实就是作家把自己寓于作品形象中进行思考的一种思维方式，这种方式更具体，带有明显的心理机制和环境设定，能够把具有潜隐性的思维具象化，进而得到想要的结果。如果贾岛没有撞上韩愈，我想，他仍然能够得到那个"敲"字。可见，好诗好文好作品，都是"推敲"出来的。

小知识

贾岛(公元 779—843 年)，唐代诗人，字浪(阆)仙。唐朝河北道幽州范阳县(今河北省涿州市)人。早年出家为僧，号无本，自号"碣石山人"。据说在洛阳的时候因当时有命令禁止和尚午后外出，贾岛作诗发牢骚，被韩愈发现其才华。后受教于韩愈，并还俗参加科举，但累举不中第。唐文宗时被排挤，贬做长江主簿。唐武宗会昌年初由普州司仓参军改任司户，未任，病逝。

有些地方不能随便去

玄都观里桃千树，尽是刘郎去后栽。

贞元二十一年（公元805年），唐德宗去世，顺宗即位。顺宗即位前就已经因为中风而不能言语，所以即位后也不上朝理事，一直住在宫里，大臣们都是透过帘帷向顺宗奏请国家大事。顺宗还是太子的时候，翰林待诏王伾、王叔文为太子侍读，深得他的信任。他即位以后，当时的一些中青年士大夫集团，以他们为领袖，形成一个革新集团。王叔文集团便开始实行政治革新，刘禹锡被任命为屯田员外郎，很快也成为这个集团的核心人物之一。

任何革新都会遭遇反对派势力阻拦，这次也不例外。他们本来就是主张打击宦官势力、革新朝政方针，自然会被宦官以及保守势力反对。永贞元年（公元805年）五月，宦官俱文珍痛恨王叔文想夺他的兵权，便想办法让顺宗下诏削去他翰林学士的职务。六月，韦皋上表诬告王叔文，一些人纷纷上表附和。八月，顺宗被迫让位给太子纯，即宪宗，改元永贞。宪宗贬王伾为开州（今重庆开县）司马，王伾不久病死；贬王叔文为渝州（今重庆）司户，次年又将他赐死。同时被连累的还有刘禹锡、柳宗元等革新集团的8个重要人物，他们均被贬到边远地方去做司马，这就是历史上著名的“八司马”事件。

刘禹锡先是被贬为连州刺史，后来再被贬为朗州司马。一转眼10多年过去了，朝廷又下了诏令，赦免了刘禹锡，召他回京。那正是春暖花开万物欣荣的时候，长安名胜玄都观百花绽放，盛如红霞，分外壮观美丽。刘禹锡这 10 多年来都待在偏远的地方，好不容易回到京城，逢此胜景，岂能不去游赏一番？他随众人来到玄都观，看着这满园春景，挥笔写了一首绝句《戏赠看花诸君子》：

紫陌红尘拂面来，无人不道看花回。
玄都观里桃千树，尽是刘郎去后栽。

在这长安的繁华街道上，红色尘土到处飞扬，这都是人们看花归来时踏起的，而那庙宇中的上千株桃树，都是我刘某人被贬以后栽种的。尤其是这最后两句，一语双关，表面上看说的是桃树，实际上说的却是当年迫害他的保守势力，充满了讽喻。这诗一出便传遍京城，传到当朝执政的人耳朵里，令他们非常不快。没过几天，朝廷下诏说刘禹锡心怀愤恨，作诗讽刺朝政，又把他贬为连州刺史。

又过去了 14 年，大和二年（公元 828 年）三月，刘禹锡再次被召回，同时被任命为主客郎中。刘禹锡上次因为去了玄都观游赏题诗被贬官，这年春日他不信邪，又起意去玄都观。这一回的景象与上一次可大不相同，玄都观的桃树都没了，只有兔葵、燕麦之类的存在。来便来了，上次留诗惹了祸，没想到这次刘禹锡依然诗兴不减，又写了一首《再游玄都观绝句》：

百亩庭中半是苔，桃花净尽菜花开。
种桃道士归何处？前度刘郎今又来。

由此诗便可看出刘禹锡的性子有多乖戾，自然不为当政者所喜。后来他果然因不容于执政者再度被贬。可见，诗不能乱写，当然了，有些地方也不能随便去，去了真的可能遭灾，一如玄都观之于刘禹锡。

小知识

刘禹锡（公元 772—842 年），字梦得，唐朝彭城人，祖籍洛阳，唐朝文学家、哲学家，自称是汉中山靖王后裔，曾任监察御史，是王叔文政治改革集团的一员。唐代中晚期著名诗人，有“诗豪”之称。

出名太早大抵怀才不遇

我今垂翅附冥鸿，他日不羞蛇作龙。

早唐时才华出众的才子里面，出名岁数最小的大概就是李贺了。据说李贺7岁的时候，已经能够创作出极富个人特色的诗歌，进而名震长安。

连文学巨匠韩愈以及当时大名鼎鼎的散文家皇甫湜，看了小小年纪的李贺的作品，都感到十分惊奇。他们暗想：假如这作诗之人是古人，我们可以不知道他；但倘若是当世之人，岂有不知之理？韩愈和皇甫湜决定去拜访一下李贺的父亲李晋肃。

两人骑马到了李府后，便急急把马匹交给小厮照料，见了李晋肃没寒暄几句，就提出要见其公子李贺。李晋肃应命着人将李贺叫到前厅来。不一会儿，只见一俊俏漂亮的少年慢慢走过来，他梳着两个小发髻，穿着并不富贵，只是干净整洁。少年还未长成，个子小腿短，走起来却颇有风流韵致；而他故作严肃的表情映在稚气的脸庞上，竟分外可爱。

韩愈跟皇甫湜带着明显怀疑的神色打量着李贺：就这么一个小孩子，能写出那样的佳作？两人对看一眼，越想越不相信，难道是李晋肃故弄玄虚，代笔撰诗来捧儿子？

韩愈温和地向李贺招招手，问了些问题，李贺对答如流，言词清晰，韩愈很满意，笑得更加慈爱了，问小李贺："你能现作一首诗给我看吗？"李贺想了想，点点头，家人速取来笔墨纸砚，李贺行云流水地写下《高轩过》：

华裾织翠青如葱，金环压辔摇玲珑。
马蹄隐耳声隆隆，入门下马气如虹。
云是东京才子、文章巨公。
二十八宿罗心胸，元精耿耿贯当中。
殿前作赋声摩空，笔补造化天无功。
庞眉书客感秋蓬，谁知死草生华风。
我今垂翅附冥鸿，他日不羞蛇作龙。

韩愈、皇甫湜看罢大吃一惊！全诗先从他们这两位“东京才子”、“文章巨公”来访的衣着气势说起，充分渲染了他们的出场，也表达出自己的惊喜、钦佩的心情。想象大胆而夸张，却又如此丰富多彩。接下来转而感慨自己的命运，希望二公多多提携，然而又表现出强大的自信和远大的抱负，终信自己有一天会化蛇为龙。整首诗一气呵成，构思巧妙，跌宕起伏，感情丰富，若非亲眼所见，他们说什么也不敢相信这诗出自一个少年之手。两人欣赏李贺的才华，后来还把他请到家里，亲自为他束发。

再后来李贺去考进士，凭他的才华，应该一举中的才对，但是有人说他应该避家讳，不能来考。因为进士的“进”和李贺父亲李晋肃的“晋”同音。韩愈惜才，特地作了一篇《讳辩》为他申辩，仍不能考。李贺一生有志难伸，郁闷不乐。

年少成名的好处是自小受重视，然而这世界如此公平，总不会把最好的都给你一个人，给了你少年成名，便让你怀才不遇，可悲可叹！

小知识

李贺（公元 790—816 年），唐代著名诗人，河南福昌人。字长吉，世称李长吉、鬼才、诗鬼等，与李白、李商隐三人并称唐代“三李”。祖籍陇西，生于福昌县昌谷（今河南洛阳宜阳县）。一生愁苦多病，仅做过 3 年从九品微官奉礼郎，因病 27 岁卒。李贺是中唐浪漫主义诗人的代表，又是中唐到晚唐诗风转变期的重要人物。

劝君莫欺少年穷

当时甚讶张廷赏，不识韦皋是贵人。

张廷赏出身世宦之家，祖辈出了不少高官。他的女儿如今年岁渐长，眼看就要到出嫁的年纪，他却还没选定女婿。于是这一段时间，他常常请客宴饮，希望能从客人之中挑一个称心如意的女婿。这样的日子持续了很久，他始终没有找到满意的。

张廷赏的妻子苗氏是太宰苗晋卿的女儿，素有识人之能。那些过府赴宴的客人她都一一看过，对一个名叫韦皋的秀才印象深刻。她对张廷赏说，"这个韦皋将来一定是尊贵之人，无人可比。"张廷赏相信妻子的眼光，于是把女儿嫁给了韦皋。

过了两三年，张廷赏看韦皋个性清高，不拘小节，实在后悔找了他做女婿，于是对待韦皋越发无礼。家中仆人见到主人的态度，对韦皋也渐渐怠慢起来，明里暗里透着瞧不起。只有苗氏，一如既往地对待韦皋，甚至越来越好。韦皋面对除了苗氏以外的其他人，心中都充满了不能控制的愁闷和愤怒。他的妻子也就是张廷赏的女儿哭道："韦皋堂堂七尺男儿，文武双全，这样长期在我们家中居住，连佣人奴仆都看不起他。难道这大好年华就要白白虚度过去吗？"于是张氏把自己的嫁妆首饰全部送给韦皋。

韦皋向张廷赏和苗氏告辞，准备东游。张廷赏对于韦皋的出走非常高兴，终于不用再日日看到这个穷酸的女婿了，他还大方地送了驮满了物品的7匹马给韦皋。韦皋每走到一个驿站，就叫一匹马驮着物品返回张家。经过7个驿站，这些物品又全部回到了张家，韦皋身上所带的东西，只有妻子的首饰，一个口袋，还有一些书。当然，他的这些行为张廷赏并不知晓。

韦皋奋斗多年，被任命为左金吾将军，并被派去镇守西川，接替张廷赏。这一次，韦皋终于可以扬眉吐气了。韦皋不希望张廷赏过早地知道他的身份，便改换了姓名，以韩翱之名出发前去。

当他到了天回驿站，距离西川府城还有30里地的时候，有人知道了韦皋的真实身份，特意报告了张廷赏："替换你的不是韩翱，而是左金吾将军韦皋。"苗氏很激动："若是韦皋，必然是咱们的女婿了。"张廷赏不以为然，笑道："天下同名同姓之人如此多，那个韦皋早不知道死在何处了，怎么会来继承我的位置?"苗氏辩道："韦皋当时虽然贫贱，但是我观他有英雄气概，当初我与你所言没有半分夸大奉承。此成事立功之韦皋，必然是我们的女婿。"

第二天早上新官入城，张廷赏携下属官员去迎接，一见来人，果然是当初遭他厌弃的女婿韦皋。他感到非常难堪，都不敢抬头与韦皋对视，低低说了声："是我不会识人。"然后从西城门走了。韦皋来到张廷赏府邸接妻子，当初在张府轻视他的那些婢女佣仆都被他派人用棒子打死扔到蜀江里去了。张廷赏妻苗氏自视无愧于心，对待韦皋分外热情，韦皋对她也是礼遇有加。

自此，全国当官有钱的人家，再也不敢轻视贫贱的女婿。郭圆因此作了一首诗：

孔子从周又适秦，古来圣贤出风尘。
当时甚讶张廷赏，不识韦皋是贵人。

小知识

韦皋(公元746—806年)，字城武，唐朝京兆万年(陕西西安)人。因祖先在北周朝和隋朝有过功勋，被任命为建陵挽郎。后因助德宗皇帝还都有功，韦皋被升为左金吾卫将军，迁大将军，又在贞元初任剑南西川节度使，成为封疆大吏。

巧妙的试探

妆罢低声问夫婿，画眉深浅入时无？。

朱庆馀与诗人张籍素来交好，是为知音。朱庆馀应试前夕，张籍做了很多事情为他铺路。张籍搜集了朱庆馀新旧诗作数十首，经过他反复地吟咏修改，留下了26首。然后张籍向很多熟识的人推荐朱庆馀的诗，推荐之时极力赞美。

张籍在当时成名已久，诗名卓著，声望也高，他推荐的诗自然备受众人重视，朱庆馀的诗竟然一时一字千金，人人争相传抄吟诵，朱庆馀本人也跟着身价倍涨。

张籍这样帮忙，在朱庆馀心目中，自是情意深重。但他并没有自信，他认为自己的才华并无过人之处，甚至可说是平平而已，全赖张籍大力宣传推荐才得了如此名声。在邻近科考的时候，他紧张得不得了，越想越觉得自己的诗写得不怎么样，他惴惴不安地写了一首诗《闺意献张水部》交给张籍，征求张籍的意见和评价，说白了，其实就是打探消息，问自己是否能够考中。诗曰：

洞房昨夜停红烛，待晓堂前拜舅姑。
妆罢低声问夫婿，画眉深浅入时无？

张籍拿到诗一看，笑了。他想：朱庆馀这家伙又没自信了，他的诗明明写得很好嘛！要不然也不会被我引为知交。张籍又好气又好笑，玩味这首诗半晌，写了一首《酬朱庆馀》回答他：

越女新妆出镜心，自知明艳更沉吟。
齐纨未足时人贵，一曲菱歌敌万金。

那出于镜心的新妆越女，自己本身已经是非常明艳耀眼了，却还在兀自沉吟；那些身着齐地出产的贵重白细绢布衣裳的姑娘，并不被人看重；相反，采菱姑娘的一串珠喉才真抵得上万金。

显然，"越女"、"菱歌"都是喻指朱庆馀。这两首诗，一问一答，都用了比喻的手法，一语双关，言此意彼，前者透过闺意来问，后者用越女出镜心来答，妙到极点！

而事实上，闺怨诗也确是张籍所擅长，他常常以此隐喻他想表达的东西。他有一首非常著名的《节妇吟》亦是如此：

君知妾有夫，赠妾双明珠。
感君缠绵意，系在红罗襦。
妾家高楼连苑起，良人执戟明光里。
知君用心如日月，事夫誓拟同生死。
还君明珠双泪垂，恨不相逢未嫁时。

看字面尽是闺情，而其实他是为拒绝大军阀李师道的拉拢而写的。

后来，朱庆馀果然如愿得中，金榜题名。不久之后，又由于张籍的力荐而被推荐为秘书省校书郎。也因为张籍的肯定和赞扬，他的诗名亦随之大震。可以说，张籍不仅是朱庆馀的益友，还可算得上是他的恩师。

小知识

张籍（约767年—约830年），字文昌，唐代诗人，祖籍苏州，先世移居和州，遂为和州乌江（今安徽和县乌江镇）人，世称"张水部"、"张司业"。张籍的乐府诗与王建齐名，并称"张王乐府"。著名诗篇有《塞下曲》、《征妇怨》、《采莲曲》、《江南曲》。

只要能遇上就不晚

自恨妾身生较晚，不及卢郎年少时。

卢校书，姓名不详，生卒年不详，但是史料里有那么一则关于他的可爱的轶事。

卢校书暮年时，娶了一位崔姓的女子为妻，至于他之前有没有妻妾，发生过什么就不得而知了。这位崔氏不仅年轻貌美，而且还善于文辞。

对卢校书而言，这位妻子简直是上天送来的最美好的礼物。她能听懂他的每一句话，她能够陪他吟咏唱和，她乖巧贤惠体贴温暖，不得不说崔氏实在是至善至美。而卢校书在与这美好的女子相处的过程中，却遗憾地发现一个美中不足：她太小了。

这位让他无比牵挂的妻子如此小，他的双腿已没入土里，她才正值豆蔻年华。等到他真正入了土，她可能还没长大，或者已经绽放却无人庇佑。她怎么这样小呀？他纠结怨怪于她的年少，却从没想到是自己这么老了。

崔氏是个相当聪敏的女子，日日相处中她已对丈夫的心结了然于胸。其实，她不是没有幻想过嫁给一个年轻力壮、仕途显达的贵公子，这样的人在每一个少女的梦里都出现过。

然而在这段日子里，她看到的不是一个讨人厌的糟老头子，她的丈夫有点小才华，有点小情趣，还有他的平和、包容、通达，说起道理来充满智慧，笑闹起来像个孩子——更重要的是，他真心疼她。那么，她还求什么呢？

一日，她跟卢校书在书房谈论诗词，卢校书顽童心性冒起，要赖让她作首诗表达情怀。崔氏抿嘴而笑，正不知有什么机会可以跟他说说心里话，这下机会来了。她深思片刻，援笔写道：

不怨卢郎年纪大，不怨卢郎官职卑。

自恨妾身生较晚，不及卢郎年少时。

她字字是“不怨”，字里句句透着“怨”。她其实在提醒他，让他别担未来的心，别管未来的事。卢校书对着妻子的诗沉吟半晌，悠然笑了。这个结，大约是解开了。人生有多长，谁也无法预料，一起走的时候，认认真真走完，以后的事情，那归以后管。

崔氏是反话正说，当然也有直来直去的句子，以“互恨”的形式表达，同样刻骨铭心：

君生我未生，我生君已老。
君恨我生迟，我恨君生早。

这不是童话，这就是人生。其实只要能遇见，什么时候都不算晚。

小知识

故事见《南部新书》。《南部新书》是北宋钱易所著的一部笔记书，作于真宗大中祥符（公元1008—1016年）时。此书在古代书目中一般著录在小说家（类）中，其价值如《四库全书总目》所说：“皆记唐时故事，间及五代，多录轶闻琐语，而朝章国典，因格损益，亦杂载其中。故虽小说家言，而不似他书之侈谈迂怪，于考证尚属有裨。”

一笔双诗,写全了两地相思

瘦尽宽衣带,啼多渍枕檀。

朱滔这个人的一生极为精彩,在政治舞台上,他的演出实在好看——他原本是安禄山旗下佐将,随安禄山谋反,安禄山失败后他便降唐,拥兵藩镇,不服中央朝廷的指挥,在税收、军政方面“高度自治”。唐内乱时他自立为王,又因与同谋王武俊有隙,兵败走还幽州,上书待罪被赦免,最后病死在幽州。

当然这个故事主角不是他,是个无名氏,而他是这个无名氏故事里唯一一个有名有姓、有迹可循的人。那时候,朱滔在幕府任职,有个河北的读书人来拜访他。朱滔这么个武夫居然跟这读书人聊得很投机。谈话中,朱滔问他:“你是做什么的?”这人直截了当地回答:“我是诗人。”朱滔一听来了兴致,既然此人以写诗为职业,想必诗写得不错。随即,朱滔问读书人:“你娶妻了吗?”读书人回道:“家中已有妻子。”当下朱滔的考题便出来了:“那好,请你给家中的妻子写一首诗如何?”说着,便让仆人去拿纸笔过来。那读书人几乎不假思索地提笔写道:

握笔题诗易,荷戈征戍难。
惯从鸳被暖,怯向雁门寒。
瘦尽宽衣带,啼多渍枕檀。
试留青黛着,回日画眉看。

朱滔拿过写好了诗的纸一看,这诗写得果然不错,读书人用戍边战士的名义，对家中等待他归还的妻子诉说戍边之苦、相思之意，末尾劝勉妻子待他回去共享夫妻之乐。其实，此诗文辞也不见得真有那么好，只是朱滔这个粗通文墨的家伙不懂罢了。朱滔一边称赞这读书人一边暗想：他不会是有备而来的吧？不行，我要再考考他："你的妻子看到这首诗一定很高兴，会有很多感触，这样，你用你妻子的口吻再写一首诗作为回赠如何？"读书人当然满口答应，立时又写了一首：

蓬鬓荆钗世所稀，布裙犹是嫁时衣。
胡麻好种无人种，正是归时不见归。

这才是一首好诗！短短四句，不见任何华美词章，语言质朴，把妻子的形象、衣着、内心对丈夫的盼归之情，刻画得惟妙惟肖，读来意味深长，令人动容。后世还有不少的词人化用末两句，比如晁补之的《鹧鸪天》："绣幕低低拂地垂，春风何事入罗帏。胡麻好种无人种，正是归时君未归。临晚景，忆当时。愁心一动乱如丝。夕阳芳草本无恨，才子佳人空自悲。"

朱滔这一生首鼠两端，时降时叛，为人凶恶寡德，绝对是个声名狼藉的人物。然他生平倒还有一善举，就是对这个他出题考作诗能力的读书人以礼相待，甚至据说还送这读书人去与妻子团聚。看来在唐朝，诗写得好实在是个了不得的本事。只是在这里，更重要的是读书人对妻子的情感，一定要很深很深，才能随即写出那两句"胡麻好种无人种，正是归时不见归"。

探骊得珠的温暖友谊

人世几回伤往事，山形依旧枕寒流。

长庆年间，元稹、刘禹锡、韦楚客三人一同到白居易家小聚。四人先是互相问候，说说各自近况，都是些琐碎的小事。不知道怎么的，就讨论起了南朝兴废之事，四人都提出了自己的观点，有同有异，气氛特别热烈。

白居易忽然提议："我们都知道古人每次说一件事，说不清楚就开始发表感慨；感慨还不够，就要作诗歌咏。今天我们在这里聚会，可不能白白浪费掉这大好的机会，就以《金陵怀古》为题，各自赋诗一首。至于用什么韵，大家任意选择。如何？"

那个时候，刘禹锡正在郎署，也就是皇帝的宿卫侍从官，而元稹已入翰林，就是皇帝的文学侍从官。刘禹锡自视才华驰骋，毫不逊让地请求先唱诗一首。只见他斟满自己面前已空的酒杯，沉吟半晌，一饮而尽，起身提笔挥就，诗云：

王睿楼船下益州，金陵王气黯然收。
千寻铁锁沉江底，一片降幡出石头。
人世几回伤往事，山形依旧枕寒流。
今逢四海为家日，故垒萧萧芦荻秋。

白居易率先接过诗看，片刻后感叹："我们四人探骊，没料想你先得其珠。那剩下都是鳞甲了，还有什么用呢？"白居易的称赞显而易见，他的意思是四人一起去深海寻宝，没想到刘禹锡先得到了黑龙颔下那颗宝珠，那其余三人再去，也只能得到一些片鳞指甲，那又有什么意思呢？咱们都不要丢人了，大家都罢手别作了。

那三人听白居易这样说，都赶忙接过刘禹锡的诗传阅一番，连连点头，不再继续唱和些什么了，大家知道不会有人超过他的。接着三人继续饮酒畅谈，最后沉醉而归。

后来刘禹锡故世，白居易就哭道“四海齐名白与刘”(《哭刘尚书梦得二首》)，还说“杯酒英雄君与操”，他以曹操赏识刘备的口吻来诉说，可见他对自己能与刘禹锡齐名感到十分荣幸。再联想到当年小聚上刘禹锡诗毕，白居易那一番“探骊得珠”的赞誉，瞬间对两人之间的友谊倍觉可贵温暖。自古文人相轻，但是能够毫不掩饰地欣赏另一个人的才华，那是一种快慰，恰如酒逢知己、棋逢敌手，更是一种胸怀。

小知识

故事选自《鉴诫录》。《鉴诫录》为唐五代笔记小说集，撰者五代何光远，字辉夫，东海(今属江苏)人。生卒年不详。后蜀时，官普州军事判官。此书10卷，66则，每则冠以三字标题。内容多记唐和五代间事，而以蜀事为多。其中“金统事”等44则，是记载诗本事的。《鉴诫录》原出宋代麻沙坊本，朱尊曾从项元汴家宋本影写，原书均不可见。清道光时鲍廷博刊入《知不足斋丛书》，今有古书流通处影印版本。此外，又有嘉庆时《学海类编》本、光绪时《崇文书局汇刻书》本等。

卷四

晚唐篇

这是礼物还是诅咒?

从此无心爱良夜,任他明月下西楼。

李益和霍小玉,一段"痴心女子负心汉"的经典传奇。

如果没有安史之乱,霍小玉根本不会面临那么多苦难,她原来也是贵族出身的,她的父亲是唐玄宗时代的武将霍王爷,母亲郑净持是霍王府中的歌舞姬。安史之乱爆发,霍王爷战死,霍王府一夕败落,亲族家仆四散,郑净持孤身带着尚在襁褓中的霍小玉流落民间。

到唐代宗大历初元,霍小玉长成一个明媚美丽的少女,她能歌善舞,又精通诗文。供养这样的少女是需要财富的,郑净持没有,她连母女俩活命的钱都快用完了。霍小玉承母亲旧技,开始做歌舞妓待客。这样才貌俱佳的女子,名动京城只是早晚的事。而李益,作为大历十才子中的翘楚,早已天下闻名。霍小玉第一次读到他的诗:"嫁得瞿塘贾,朝朝误妾期。早知潮有信,嫁给弄潮儿。"立刻被吸引了。她没遇到他之前,就已爱上了他。所以当他们相遇的那一天,是个天命所归的日子。

郎才女貌是上帝判给完美情侣的恩旨,谁都没办法违背。在水到渠成的深情面前,才子李益给佳人霍小玉写了婚书:"明春三月,迎娶佳人,郑县团聚,永不分离。"李益接到朝廷的任命,他都打算好了,先回陇西故乡祭祖探亲,来年走马上任,安排妥当就回来接霍小玉跟他完婚。

只是，太顺利的开场一般都不会顺顺利利结局。李益归家才知道，父母已经为他订好了亲事，父母之命、媒妁之言他怎敢违背，所以他娶了官宦之女卢氏，长安那场情事就像梦一样一点一点远离他，悄无声息。而霍小玉仍自闭门谢客痴痴等候，一年后，终于忧思成疾，病倒床榻。

这时，李益正好因公进京，跟几位朋友约在一家酒楼叙旧。几人正开怀畅饮，突然闯过来一黄衫侠客，身形魁梧，还没来得及看清这人的面目，李益顿觉眼前一暗，就被架起来带了出去。其实这黄衫侠客与李益素不相识，无仇无怨，只不过听说李益负心之事，路见不平，拔刀相助，才绑架李益去见霍小玉。只见他携着李益跑到霍家门口大喊，“李十郎来也！”待霍家门开，便放下李益绝尘而去。

霍小玉踉跄走出卧室来见，李益一看到她就心疼了。她怎么变成了这个样子，苍白、憔悴、瘦弱，像一朵风吹雨打落入污泥的梨花。李益想说点什么，可是能说什么呢？问候一句“你好吗？”可是她明明不好。跟她解释不是他负心，而是亲命难违，可是那又怎么样呢？他还是食言了，背叛了。霍小玉美丽的眼睛淌出两行泪，她哭哭又笑笑，然后咳得脸色愈发苍白。她其实只剩这一口气了，没想到临死还能见到他。她也早想好了遗言，只是没想到还有机会亲口对他说：“我为女子，薄命如斯，是丈夫负心若此！韶颜稚齿，饮恨而终。慈母在堂，不能供养。绮罗弦管，从此永休。征痛黄泉，皆君所致。李君李君，今当永诀！我死之后，必为厉鬼，使君妻妾，终日不安！”

好狠的话，好烈的女子！终于，在这一片才子佳人痴心负心的传奇里，有一个女子大胆地喊疼、说恨、发诅咒。也只有这样精彩的女子才能让才子刻骨铭心地作出《写情》：

水纹珍簟思悠悠，千里佳期一夕休。
从此无心爱良夜，任他明月下西楼。

你给我爱是一个礼物，我给你爱是一个诅咒——余生便只能这样了，从此，无心爱良夜；任他明月下西楼。

清洁的爱恨

更忙将趋日，同心莲叶间。

在古代，如果一个女子的天赋才情太过惊世，嫁做人妇相夫教子，很容易一生泯然于闺阁。

薛涛14岁的时候，父亲薛郧溘然长逝。这个8岁就会作诗的小女孩脱下了管家小姐的外衣，入了乐籍，成了官妓。她少小还在闺阁中不见外人的时候，才名和美名已经流传出去了，现在的身份让那些才子官员心痒难耐，纷纷慕名涌来。薛涛在成都附庸风雅的才子贵人中婉转应酬了年余，韦皋来到成都府做了节度使，于是薛涛这个最知名的官妓很自然地走进节度使府。

韦皋第一眼看见她的时候，竟然没有被她的美貌倾倒，他甚至还嫌弃她长得不够媚。是的，薛涛长得很好看，但是那种好看里，带点少年公子的俊朗，一身的气质完全不似官妓，她方正端庄，深具大家风范。韦皋让她赋诗一首，她很快写好了。这首诗也没有小儿女的幽怨或艳情，她竟然写得很有气概：

乱猿啼处访高唐，一路烟霞草木香。
山色未能忘宋玉，水声尤是哭襄王。
朝朝夜夜阳台下，为雨为云楚国亡。
惆怅庙前多少柳，春来空斗画眉长。

即便她的美貌不是韦皋所喜欢的类型，但是她的才华却极合他的心意。于是他捧着她，爱惜她，五个春秋里，她自由地来往节度使府。虽如此，她却从没把心思只放在韦皋一个人身上，她天性是自由的，她有那么多的奇思妙想，她发明了薛涛笺，她写字用“自来水笔”，用的墨取自“墨水瓶”，可是只有薛涛笺流传了下来，多少男人捧着那一张薛涛笺，就好像从此跟薛涛有了暧昧的情缘。

一个男人的纵容总有限度，薛涛收受贿赂，又被传跟别人牵扯不清，韦皋一怒之下，用慰问边地守军的名义，把她发配到了松州。到了松州，薛涛就“幡然悔悟”了，那个男人捧着她、爱着她、一心对她好，是多么地虚幻，到底他还是她主子，她不能恃宠而骄，不该惹他生气。所以她服软了，她写了“十离诗”差人送给他。韦皋看了果然心软，派人把她接了回来。

后来，韦皋因镇边之功封南康郡王，他走时去浣花溪畔跟薛涛辞行，薛涛以“兄”称呼他——这一场情事，外面说得绘声绘色，传得沸沸扬扬，当事人却云淡风轻，好似各自赴了一场早就做好“散场”准备的约会。

薛涛 42 岁的时候，遇上了 31 岁的元稹。她积淀了 40 多年的感情一下子喷薄出来，她跟他相爱了，百转千回缠绵悱恻地爱了一年。然而即便在最为浓烈地爱着的时候，她都知道她跟元稹不可能，她写了《池上双鸟》：

双栖绿池上，朝暮共飞还。
更忙将趋日，同心莲叶间。

元稹离开时，双方都那么潇洒。

薛涛这样的女子太难得，一生爱恨，清洁洒然。所以她也没有得到红颜薄命的下场，她是寿终正寝安然故去的，就像个真正端庄的官家小姐。

小知识

薛涛（公元 770—832 年），字洪度。父薛郧是一京都小吏，安史之乱后居成都。薛涛诗集名《锦江集》，共 5 卷，诗 500 余首，可惜未流传下来。在《全唐诗》中收录其诗 89 首。

别随便看不起人

长当多难日，愁过少年时。

晚唐诗人汪遵，少时在一个县里做小吏。他是那种奋发上进的少年，尽管混了个一官半职，却不能满足他内心的渴望，于是他依然勤勉用功，昼夜读书。他的用功并没被人所发掘，在旁人的眼里，他只不过是一个腼腆、不爱说话，甚至有点孤僻的少年。

那时候汪遵已经很会作诗了，尤其擅长写绝句，他家里的书已经无法让他再学到什么了。别看他有个小吏的职位，小吏的那点俸禄大概也只够他糊口，根本满足不了他对书的需求。

家里的存书看完了，又实在买不起书，汪遵只好向别人借书来读，而且总是悄悄地借悄悄地还，并不张扬。汪遵同乡有个好朋友叫许棠，对于汪遵的努力和汪遵的窘困，却一直一无所知。

过了一段时间，汪遵忽然辞去小吏的职位，上京城赶考去了。对于这个一直闷不吭声的家伙的离开，人们并没有太多在意。那时许棠已经身在京城，他偶然送一位客人到灞水、浐水之间，路中正巧跟往京城走的汪遵相遇。他乡遇故知，本是一件十分欣喜的事情，谁知许棠的态度却不怎么友善，他口气僵硬地问汪遵："你来干什么？"

汪遵答："我去京城应试。"许棠怒上心头，他以前跟汪遵虽然交好，但内心其实并不怎么看得起他，他既不认为汪遵有多少才学，也没觉得汪遵会有什么前途。于是他气哼哼地说："你一个小吏，凭什么跟我同堂考试?"接着又说了几句难听话才离开。汪遵心中黯然，也有些生气，但并没有与许棠计较。

咸通七年，汪遵考中进士，而许棠榜上无名。许棠自觉失了颜面，准备次年再试。不料他屡试不第，落魄潦倒，只能依附着旧友新交生活。那段时间许棠的内心极度压抑苦闷，只好寄情诗酒，写了很多自怜伤感的诗，如《长安寓居》：

贫寄帝城居，交朋日自疏。
愁迎离碛雁，梦逐出关书。
经雨蝉声尽，兼风杵韵余。
谁知江徼塞，所忆在樵渔。

再如《写怀》：

此生居此世，堪笑复堪悲。
在处有岐路，何人无别离。
长当多难日，愁过少年时。
穷达都判了，休闲镊白髭。

咸通十二年，许棠已经年近半百了，他再入考场，碰巧主考官是侍御史李频，李频听闻过许棠的诗名，同情许棠屡试不第的遭遇，便给了许棠一个进士及第。可以说，最后许棠能考中，也是因为主考官的同情分。

汪遵和许棠，两种性子，两种人生，奉劝大家，别随便看不起别人，你怎知他不会一飞冲天，将你远远抛下。

小知识

许棠，字文化，宣州泾县人。约唐懿宗咸通三年前后在世。工诗文，性孤僻难与人合。以作洞庭诗著名，时号许洞庭。著有诗集一卷，《新唐书·艺文志》传于世。

把美人还给萧郎

侯门一入深如海，从此萧郎是路人。

秀才崔郊有段时间随姑母寓居。他的姑母有一贴身侍婢，容貌极美，又善音律。两人日日相处，公子多情，美人恩重，好不缠绵。崔郊觉得，再没有比如今更好的日子，他甚至常常想，所谓地老天荒的誓约，就是把这样的日子过到没有尽头。

这世上但凡有誓约这种东西，都是用来打破的。崔郊这秀才名头是好听，到底不是官，没有收入，姑母也不太会打理家庭财产，他们的生活日渐困窘。姑母走投无路之下，想出了一个办法——把她那婢女卖掉。

崔郊自然是痛苦的，可是痛苦又有什么用呢？面对生存危机和情感危机，稍微有点脑子的人也知道怎样抉择。他忍泪默许了姑母的行为，那婢女大概此时才明白，一个男人的懦弱和无用是怎样令人心冷。

这样姿色妍丽、玲珑可爱的女孩子，最后卖了40万钱，买她的人是当时镇守襄阳的于頔。于頔真心地喜爱她，就像喜爱一只精巧的鼻烟壶。

这是和崔郊完全不同的喜爱方式，崔郊总爱跟她谈论他的诗歌、他的抱负等他所有不切实际的梦想，而于頔给她买漂亮的衣裳、珍贵的珠宝、上好的乐器。平心而论，于頔的这种喜爱要实惠得多，可是每当想起崔郊，她就心痛，而且这种痛会上瘾，不痛的时候人就像空的一样。

崔郊对这婢女也是念念不忘，他时常想起她站在庭院里微笑的模样。等到家里环境好些了，崔郊终于忍不住相思苦，买通了于頔的一个下属官吏，请他帮忙让他与那婢女私下见一面。那官吏倒是个拿钱办事的人，趁着寒食节的机会，安排他们在自家小院儿里相会。

婢女看到崔郊的时候，他站在柳树下，一袭素衣，还是当年相遇时的端方清俊。这人系着她的初恋，以及她曾经所有的梦。她没招呼他，抿着嘴掉眼泪。崔郊仿佛心有所动，朝她看过来，竟也哭了。这一次相会，两人无言，相对垂泪。临别，崔郊送了她一首诗，一首让后人记住了他崔郊的诗：

公子王孙逐后尘，绿珠垂泪滴罗巾。
侯门一入深似海，从此萧郎是路人。

有人看崔郊不顺眼，这下终于逮着整治他的把柄。这人把崔郊的诗抄下，放在于頔的书桌上。于頔看了诗问出是崔郊所作，便命人去召崔郊来见。左右的人都替崔郊着急，崔郊自己更是忧惧懊悔。他怕于頔追究治罪，想逃走，又逃不掉、藏不住，只好硬着头皮去见于頔。

出乎意料的是，于頔看似挺高兴，一点儿也没问罪的意思，笑呵呵地握着他的手说："这诗是你写的？'侯门一入深似海，从此萧郎是路人'，不错不错。40万钱对我来讲不过是小意思，你为何不早些写信来说明？大丈夫不能立功建业名扬后世，又岂能夺人爱姬？"说完，便把那婢女还给了崔郊，还命人准备些帐帏匣奁之类的东西赠送给崔郊。

崔郊不仅得回了美人，还发了笔小财，算得上是因祸得福。把美人还给她的萧郎，于頔可谓成人之美的君子典范。只是，赖人成全的感情，还回来的美人，是否还一如当初纯真美好？

小知识

《全唐诗》中只收录了崔郊这一首诗，而此故事见于《云溪友议》。《云溪友议》为唐代笔记小说集，撰者为唐代范摅，生卒年未详，僖宗时吴（今江苏苏州）人，客居越地，自号五云溪（即若耶溪）人，所以名其书为《云溪友议》。

聪明的妻子要会骂丈夫

良人得意正年少，今夜醉眠何处楼？。

杜羔，出身名门，父母自然早早为他选定一个门当户对的妻子刘氏。刘氏很会作诗，在当时闺阁女子中的声名极高。能娶到这样的女子，杜羔是很满意的，那时候还不流行“女子无才便是德”这样的话，且那是一个诗的盛世，比起容貌，男人有时会更重视妻子的才情。杜羔跟刘氏成婚后，两人相敬如宾，生活十分美满。不久，杜羔动身离家，准备应举考试。

杜羔这一考，考了很多年，屡次不中，屡败屡战。这许多年，他惆怅苦闷，越来越消沉，越来越沉默，他无心跟刘氏谈心，无心管家中的大小事。这就是那个时代的悲哀，大丈夫建功立业的途径只有那么一条。

这一年，杜羔又落第了，他一路闷闷不乐往家赶，半道上收到家仆送来的家书，是妻子写给他的。他很高兴，这个时候他多么希望得到刘氏温柔的抚慰劝勉，他急急打开信，满怀期待地看着妻子娟秀的字迹。这原来是妻子写给他的一首诗：

良人的的有奇才，何事年年被放回？
如今妾面羞君面，君若来时近夜来。

这哪里是什么抚慰?! 刘氏的意思是说,夫君你真的很有才华,可是为什么你年年都考不中? 我现在为你感到羞耻,都不敢出去见人了。你要是回家来的话,麻烦你趁夜回,别让人看见,省得丢人。

任何一个男人看见这样的话都会愤怒,杜羔当然也不例外。他那个温柔贤惠的妻子竟然一转眼变成了这样尖酸刻薄的女子,用他曾经颇为欣赏的才情写一首诗奚落他,一点颜面也不留。杜羔一气之下,转身往回走,暗暗发誓,若考不中绝不回去见她。

从此,杜羔留在长安,心里憋着一股劲,发奋读书,刻苦钻研,比他过去十几年学得都要认真。

很多时候,人缺的并不是才华,是气运,而气运这种东西实在说不清道不明。刘氏的一首诗仿佛就是杜羔气运的转折点,接下来的那次科考,杜羔果然登第。他得意洋洋地收拾行李,心里想着回家以后如何质问妻子。正在这时,他又收到了妻子的信,也是一首诗:

长安此去无多地,郁郁葱葱佳气浮。
良人得意正年少,今夜醉眠何处楼?

读罢这首诗的时候,杜羔啼笑皆非:我未显达的时候,你以我为耻,甚至让我连回家都要避开别人,今日我显命扬名,你又疑我在外寻欢,你怎么会是这样的人呢?

杜羔大概需要很长时间,才会明白他妻子到底是怎样用心良苦。她太了解他,可能比他自己都了解,她知道普通的抚慰不起作用,不如骂他、羞辱他,只有这样,他的男人才会全力以赴,获取庙堂的入场券。同样,一个高傲的女人也不会直截了当地诉说"我想你",她问得充满质疑,可是作为丈夫,杜羔一定要看得懂她到底在说什么。她其实就是在说:我想你了,你在哪里,为什么还不回来?

聪明的妻子要学会骂丈夫,又不能太过。

小知识

杜羔,洹水人。贞元初,及进士第,后为振武节度使,以工部尚书致仕。杜佑之孙。杜佑,唐中叶宰相,史学家。杜佑的孙子之一相信更为人知,那就是杜牧。

人面桃花合该是个传说

人面不知何处去，桃花依旧笑春风。

崔护是个少有的以诗闻名的才子，长得一表人才。然而，他时运不济，屡试不第——不用说，才子似乎总是要怀才不遇。

一年清明，他独自一人到城南郊游散心。这天天气晴朗，春光明媚，一路上花红柳绿煞是好看。崔护越走心情越好，不知不觉走得远了，竟来到一个他从未去过的村庄。

他信步走到一户人家门前，从篱笆外往里看，这户人家有一亩左右的庭院，院中花木葱翠，景色宜人，幽雅清静，好似无人居住般，崔护立刻就喜欢上了这里，他上前敲门想去拜访一下主人家。

过了好一会儿，竟然走出一位艳美的少女，她怯生生地问崔护："你是谁？你有什么事吗？"

崔护彬彬有礼地回答："我姓崔。今日独自寻春来到这里，口渴极了，想向你讨碗水喝。"在很多才子佳人的故事里，这是个相当烂俗的借口，就好像现代男孩跟女孩说："美女，我觉得你很眼熟，我们以前见过吧？"但也许崔护这样的正人君子说的话是真的。

少女乖巧地转身回屋里端出一碗水，又给崔护开了门，让他进来坐在院中慢慢喝，她自己却没有跟崔护坐在一起，而是依在一棵小桃树边。

崔护一边喝着水一边偷偷打量那少女，她本就貌美，桃枝掩映之中更显身段婀娜动人，眉目暗暗含情。崔护愈看愈爱，对她倾心不已。喝完水，崔护起身跟少女告辞，少女送他到门边，关门时若有所失。崔护边走边回头看，无限眷恋。然而归家后他再也没来过。

转眼到了第二年清明，崔护又想起这段往事，忽而内心起了波澜，他很想去看看那位少女，这抑制不住的激动终于促使他动身前往城南村庄寻访。他很容易找到这户人家，此时门院如旧，户门紧闭，正是当年模样。崔护感慨半晌，诗兴大发，直接在人家户门的左边那扇门上题了诗：

去年今日此门中，人面桃花相映红。
人面不知何处去，桃花依旧笑春风。

诗成洒然离去。

要我说，故事就该到此为止了。任崔护今后再发生什么、再遇到什么人，都与此无关，少女的故事到这里就该完结了，人面桃花合该是个传说。然而后人狗尾续貂，把这个故事说得愈发离奇玄幻。据说崔护几日后情怀难舍，再至城南遇见哭泣的老汉，正是那少女的父亲，老汉诉说自从见了崔护，少女茶饭不思、精神恍惚，今年又看见崔护的题字，竟然一病不起，魂归黄泉，这都是崔护造的孽。

崔护心痛不已，进屋看见安然躺在床上但毫无生息的少女，上前抱住她直说“我在这里”，少女便复活还生，与崔护结为夫妻。

很牵强的结局。最美的爱情应该是个传说，而不是王子与公主的结合。

小知识

崔护，唐代诗人，字殷功，博陵（今河北安平县）人。贞元十二年（公元769年）进士及第，大和三年（公元829年）为京兆尹，同年为御史大夫、岭南节度使。其诗诗风精练婉丽，语极清新。《全唐诗》中存诗6首。

为你写诗是最幸福的傻事

鸳鸯交颈期千岁，琴瑟谐和愿百年。

李郢旅居杭州，以山水琴书为乐，从来没把功名放在心上，连他的老师尚书郑颢都拿他没办法。不考功名就算了，娶妻总是大事吧？长辈亲友急了。李郢总左推右托，一副漫不经心的样子，直到某日遥见邻家少女素妆淡服，惊鸿艳影，李郢才开始对娶妻上心了。

不得不说所有的男人终究还是视觉动物，你若问他是爱你的才还是你的貌，如果他肯说实话，那么，他一定是先看上你的貌，才在意你的才。李郢便是这样，只因为她长得美，他才要娶她。

当他请人到邻家说亲之时，正巧碰上另一人也来说亲，有人跟他同样相中了这女子。两方争执不下，邻家无法，想出个主意，他要看看这两班人马谁能让女儿衣食无忧，于是说："你们各自备上百万钱送来，谁先来，我便把女儿嫁给谁。"这求亲的两人都是富贵人家，不多时便备足了钱同时送来了。这一回合不分胜负，邻家又开始发愁。

李郢瞪着对面跟他抢亲的人，越发火大。他想这未来岳丈也是眼拙，他李郢少有才名，至今未有功名也不过是因为他不愿去考取而已。

再看对面那位，肥头大耳，胸无点墨，怎配得上他家那女儿。邻家再出个考题，请两人各赋诗一首，谁的诗写得好，他就把女儿嫁给谁。这下可正中李郢下怀，作诗他拿手啊！最后，他如愿娶到了邻家女儿。

人有时候倍加珍惜什么，是因为付出太多。李郢这妻子是他费尽辛苦娶来的，婚后自然对她体贴周到，细心温存。而且，李郢还知道用功了，自从娶妻以来，他发奋读书，不久进京赴试一举登第。

他欣喜地收拾包袱赶回江南给妻子报信，路经苏州的时候，遇到在湖州为官的老朋友邀他同游。

他乡遇故知，本是人生一大乐事，李郢何尝不愿与朋友把酒夜话，诗文相酬，只是眼下这时机实在不好，他跟朋友解释："我妻子的生日快到了，我必须赶回家为她庆祝。"

李郢爱妻如命，朋友却不能体会，无论如何都不放他走，应允送给他一些地方特产让他寄回去给妻子作为生日礼物便是。李郢无奈，寄物之时还附诗一首：

谢家生日好风烟，柳暖花春二月天。
金凤对翘双翡翠，蜀琴初上七丝弦。
鸳鸯交颈期千岁，琴瑟谐和愿百年。
应恨客程归未得，绿窗红泪冷涓涓。

他用一首诗赢得了她，再用一首诗祝她生日快乐，跟她解释不能相陪，告诉她他要跟她交颈千岁，好合百年。他一定还为她写过很多诗，也会继续为她写下去。他是愿意为她写一辈子诗的。

小知识

该故事出自《唐语林》。《唐语林》是笔记体唐代文史数据集，编撰者为宋代王谠。全书共8卷，末有辑佚1卷。仿《世说新语》体例，按内容分门别类，并将《世说新语》原有的35门（按今本《世说新语》共36门），扩大为52门。书中材料采录自唐人五十家笔记小说，资料集中，内容丰富，广泛记载唐代的政治史实、宫廷琐事、士大夫言行、文学家轶事、风俗民情、名物制度和典故考辨等。

真情总是最难得到

易求无价宝，难得有心郎。

晚唐诗人鱼玄机，原名鱼幼薇，她的父亲是个落魄秀才，不幸早年病故。年幼的鱼幼薇和母亲从此无依无靠，衣食无着。为了生活，母亲只好在妓院做些洗衣打扫的粗活，母女俩就这样在妓院安顿了下来。

鱼幼薇认识温庭筠全属机缘巧合。

温庭筠是个才子，他的诗词都写得极美，清艳婉转、明丽空灵到了极致。他写相思，相思就入了骨："玲珑骰子安红豆，入骨相思知不知？"他写春夜，春夜就缥缈如烟："江上柳如烟，雁飞残月天。"他写离恨，离恨就沉在心底："山月不知心里事，水风空落眼前花。"《旧唐书》说，温庭筠貌丑而且不修边幅，时人叫他"温钟馗"。可是如此才华即便安在这样丑的人身上，他也是有资本风流的，流连于秦楼楚馆也会有大把的姑娘等着他。于是，很自然又很巧合，他遇见了11岁的鱼幼薇。

传说鱼幼薇5岁能诵诗，七八岁即出口成章，这样聪明伶俐又漂亮的女孩相信没人会不喜欢，尤其是有才又爱才、惜才的温庭筠。他出了题目"江边柳"考这即将到金钗之年的小女孩，她一句"根老藏鱼窟，枝底系客舟"令他惊艳，于是他收下了鱼幼薇这个女弟子，教她诗词文章，照顾她们母女的生活。那个时候他们都不知道，"系客舟"几乎是一个宿命的谶语。

在温庭筠快60岁的时候，得到一个小得不能再小的官，他要离开长安，离开鱼幼薇。也许让温庭筠离开的，不是那个做小官的机会，而是鱼幼薇。他已年届花甲，她才豆蔻芳华，即便她说她爱慕他，他又怎么敢接受，看着她，他就充满了无力感，充满了感慨——他已经老了。于是，他把她介绍给少年才子李亿，就这样，鱼幼薇给李亿做了妾。

李亿对鱼幼薇很好，她既年轻漂亮又会写诗，怎不让人怜爱？可惜李亿江陵老家的老婆不是能容忍的，她来到京城，毫不客气地把鱼幼薇赶出家门。李亿没办法，只好先将鱼幼薇安置在了咸宜观，临走的时候说会来接她，叫她安心等待。

等待的结果就是"过尽千帆皆不是"，从此世上再没有鱼幼薇，而多了一个鱼玄机。她爱的男人不要她，爱她的男人也离她而去，她疯了，怒了，痴了，怨了，于是，她要这世上的男人为她疯狂！好一个咸宜观，真正是老少咸宜，一座清修道观，因为一个鱼玄机变成了放荡欢场。

再后来，史书说鱼玄机跟自己的丫鬟绿翘争陈韪的宠，活活打死了绿翘，惊动官府，以命抵命被判斩首。她何须争什么宠？她根本已经放弃了人生，放弃了生命里所有美好的光华，用最癫狂的手段回报她厌憎的一切，绿翘只不过是个导引线而已。

据说，鱼玄机曾在咸宜观遇见被爱人抛弃的女子，于是写了一首《赠邻女》送给她：

羞日遮罗袖，愁春懒起床。
易求无价宝，难得有心郎。
枕上潜垂泪，花间暗断肠。
自能窥宋玉，何必恨王昌？

"易求无价宝，难得有心郎。"她一辈子的爱恨情仇都在这一句里了，她再也找不到"有心郎"，陈韪成为压死骆驼的最后一根稻草。女人这一生，如果遇到一个男人教会你爱，就要小心男人再教会你伤痛和悲哀。

青春经不起等待

为报西游减离恨，阮郎才去嫁刘郎。

唐文宗开成年间，书生房千里考中进士，心宽体舒之下，便到处游历以增广见闻。他与好友进士韦滂小聚时，韦滂带过来一明妆女子，是他从海南领过来的。

韦滂介绍说女子姓赵，至于两人关系却含糊带过，也不知是他表妹还是红颜知己。房千里为人磊落飒爽，也根本没在意这些细节。初识只觉这女子明媚端庄，交谈之后又赞她博雅韵流，倾心之状溢于言表。韦滂见此也不多说，就当成全了君子之美，将赵氏给房千里做了妾。房千里有了功名自要去宦海逐浪。正当他与赵氏新婚燕尔你侬我侬之际，朝廷的一个调令下来，他要去吏部报到了。他拿着调令暗暗忖度权衡，最后还是决定一个人走。他要独自奔向广阔天地，实现那腾云驾雾的抱负，不要带着她这个拖累。赵氏哭碎了一张天赐丽颜，她说她一个薄命妇人阻挡不了他的宏图大道，求他不要放下她。只不过，任凭妾泪如雨，怎奈君心已定。他跟她约定中秋相会，还赠诗寄情——除了带她走，他能给的都可以给她：

鸾凤分飞海树秋，忍听钟鼓越王楼。
只应霜月明君意，缓抚瑶琴送我愁。
山远莫教双泪尽，雁来空寄八行幽。

相如若返临邛市，画舸朱轩万里游。

赵氏懂他的意思，他许诺衣锦还乡时与她天宽地阔万里遨游。只是，赵氏怨叹，我这样的女子，能诗善词，天生丽质，算得上如花美眷，你却狠得下心让我在等待中零落飘摇，芳心枯寂。等你衣锦还乡，我可还有如今这姿韵匹配？

房千里哪管儿女愁肠，一路晓行夜宿，到了襄阳，正巧碰上许浑奉弘农公差遣到番阳上任。他便拜托许浑到任后，去看望一下赵氏。许浑答应得爽快，一到府衙就派人去访赵氏，还嘱咐那人备些粮、柴等物送去。结果消息传来说，赵氏此时已经随了韦滂。许浑犯愁，他跟房千里要好，跟韦滂也是知交，这事叫他怎么跟房千里说？一个说不好，就是两边得罪，情义难全。思来想去，他寄了一首诗给房千里：

春风白马紫丝缰，正值蚕娘未采桑。
五夜有心随暮雨，百年无节待秋霜。
重寻绣带朱藤合，更忍罗裙碧草长。
为报西游减离恨，阮郎才去嫁刘郎。

房千里得诗，哀痛几绝。他还没明白，让一个如花女子等待，便已经将她推开。诗词多美、盟誓多坚定，也替代不了残酷现实。他指望一朵女人花在他身上扎了根、绝了香，只开给他一个人看，多可笑。这是一个弱不禁风的理想，只可能在诗词中豢养。

小知识

许浑(约公元791—约858年)，字用晦，一作仲晦，祖籍安州安陆，寓居润州丹阳(今属江苏)。武后朝宰相许圉师六世孙。文宗大和六年(公元832年)进士及第，先后任当涂、太平令，因病免。许浑是晚唐最具影响力的诗人之一，七五律尤佳，后人拟之与诗圣杜甫齐名，更有“许浑千首湿，杜甫一生愁”之语。

“阮郎才去嫁刘郎”句中典故，指的是汉代刘晨、阮肇入天台山采药，遇二仙女，留住半年，思归甚苦。既归则乡邑零落，经已十世。有词牌名《阮郎归》，亦源于此。

爱作诗的盗贼

他时不用逃名姓，世上如今半是君。

盗贼这个群体让人联想的都是暴力、非法等负面的东西。然而，自古以来，这个群体其实各色人等杂陈，其中不乏深受文化熏陶、能诗善文之辈，他们在中国古代文化史上留下了一些另类的足印。

唐文宗大和年间，诗人李涉与随从乘船前往江西九江，行至皖口遭遇一伙盗贼拦截。那盗贼首领问："你们是什么人？"李涉的随从连忙回答："这位是李博士（李涉曾任太学博士）。"盗贼首领听了半信半疑，沉思片刻说："听说李博士善作诗，我十分仰慕他。如果你真的是李博士，我便不抢掠你什么，只要你即刻作诗一首，我就放你们过去。"于是李涉欣然答应，思索片刻，赠上一绝句：

春雨潇潇江上村，绿林豪客夜知闻。

他时不用逃名姓，世上如今半是君。

李涉此诗名曰《井栏砂宿遇夜客》，读来简单通俗，易于上口。先注明时间、地点写了景，接着写事说半夜遇到"豪客"来访，最后议论道："世上如今半是君"，把中晚唐时政治腐败、社会混乱、人民不满、盗贼横行的状况纷纷揭露。

盗贼得诗大喜，又感慨万分，竟然接着按照李涉这首诗的原韵和了一首诗：

与君相逢在江村，久慕姓名今知闻。
潜龙何需留名姓，半个尧舜也是君。

他的意思是，他对这个社会已经失望透顶了，这条路是他自己的选择，他也只能义无反顾地走下去。双方相对无言片刻，那盗贼率先爽朗一笑，拱手相送。

这则"诗人与盗贼"的趣闻，生动地反映了唐代诗人在社会上所能达到的广泛影响，以及他们所受到的普遍尊重。而盗贼能诗，更加说明了那确实是一个诗的朝代。李涉所处的时代，正是晚唐农民起义的酝酿时期。那个时候的社会毫无秩序可言，一片混乱不堪，遍地盗贼四起。更甚者还有"无盗贼之名行盗贼之实"的弄权者，这些人"相群为党，上下为蠹贼"，把本就千疮百孔的社会，搅得更加混乱、更加黑暗，"绿林豪客"与之相比，实在是充满了人情味，可爱多了！

小知识

李涉(约公元806年前后在世)，唐代诗人，字不详，自号清溪子，洛(今河南洛阳)人。早岁客梁园，逢兵乱，避地南方，与弟李渤同隐庐山香炉峰下。后出山做幕僚。宪宗时，曾任太子通事舍人。不久，贬为峡州(今湖北宜昌)司仓参军，在峡中蹭蹬10年，遇赦放还，复归洛阳，隐于少室。文宗大和(公元827—835年)中，任国子博士，世称"李博士"。著有《李涉诗》一卷，存词6首。

他本来就是个薄幸浪子

自恨寻芳到已迟，往年曾见未开时。

杜牧，自称“世业儒学，自高、曾(祖)至于某身，家风不坠，少小孜孜，至今不怠”，其实，他根本就是个薄幸浪子。别把古人想象得那么刻板严肃，不管史书怎样记载，他们都是活生生、多棱面的人。尤其像杜牧这样的世家子弟，即便他笃信儒学，一心要闯出一番大事业，然他少年成名的优越，风流自赏、疏朗豪放的性子，是怎么也磨不掉的。

太和末年，杜牧离京到宣城沈传师那里做幕僚。平素他就听闻湖州乃浙西名郡之冠，眼下有这样的机会，他自然要慕名游赏一番。当时湖州的崔刺史跟杜牧情谊深厚，杜牧要来，他当然要好生款待。两人推杯换盏，兴致勃勃。杜牧那不羁的性子显露无疑，跟崔刺史直言道，早听闻湖州“风物妍好，且多丽色”，一定要见识一下。可是怎么样才能让美女们都出来给他“见识”呢？

杜牧瞇了瞇眼，继而狡黠又顽皮地盯着崔刺史，出主意道：“你举办个赛船嬉水大会，全城的少女自然会被吸引过来，等到人多如云之际，我改装前去观赏，你看怎么样？”

崔刺史听了大乐，笑道：“要说游乐赏美，就你小子馊主意多。”便着人按杜牧说的办。

那一天，湖中赛船场景别开生面，湖边人潮川流不息，仿佛是个节日。杜牧眼见时机差不多，便易服而出，仔细寻觅。倒是有几个姿色不错的姑娘，然而最终他仍失望地回来了，费劲搞了这么海沸河翻的一出戏，他却没有找到他心头慕爱的那一个。

天色渐晚，大戏收场，崔刺史一边劝解杜牧，一边命人安排杜牧的歇息之处。正当此时，一位老太太领着一个少女走过来。杜牧只觉这昏暗的天地突现了一抹亮色，他牢牢盯着那少女，半晌回神赞叹："此真国色也！"立即命人给那老太太递了话，饱含真诚的求婚之意。老太太也不问杜牧是什么人，直推说女孩年纪尚小，不宜婚配。杜牧对那少女越看越爱，他相信这就是一见钟情，他跟少女的母亲许了个约定："我 10 年以后必来此郡做官，请你等我 10 年。若我不来，则可随意婚嫁。"他又怕老太太爽约，以重金赠送，就当是成亲的礼钱。

大中三年，杜牧果然调任湖州判使，但此时离当年的约定已过去 14 年。他当年心仪的少女，此时也已嫁出去 3 年了，还生了两个儿子。杜牧一面透骨酸心，一面恼怒至极，他跑去诘问那女子："当初已许给我，今为何另嫁？"那已褪去当年青涩的成熟美妇，恨恨地看着他说："当初有约不假，但约定是 10 年，10 年不来可以改嫁呀！"杜牧无奈自伤离去，后作《恨别》诗：

自恨寻芳到已迟，往年曾见未开时。
如今风摆花狼籍，绿叶成荫子满枝。

我们可以想象，除开父母之命，那少女豆蔻芳华，遇着杜牧这样的翩翩公子，不可能心湖如镜不起半丝涟漪。若非她自己坚持，有哪家父母忍心留住女儿十年不送出门去。可叹男儿薄幸，他怕她爽约，自己却先违约。

后来杜牧有诗："十年一觉扬州梦，赢得青楼薄幸名。"你看他过得多么潇洒恣意，怎么有资格来诘问别人。

他本来就是个薄幸浪子。

“才”不可露白

贪为两地行霖雨，不见池莲照水红。

温庭筠是宰相温彦博的六世孙，他的母亲是梁国长公主，因此他算得上是贵族世家后裔。对于温庭筠的评价，历史上有两个极端的现象。温庭筠才思艳丽，善写小赋。但是据说这人人品不是很好，对他的负面评价怕是大多以此为一个缘由。史籍载他“薄于行，无检幅”，不喜欢约束检点自己的生活，还说他“好逐弦吹之音，为侧艳之词”。

温庭筠的轶事散见于历史很多文集中，都很有意思。据说每次考试，他都能押官韵作赋，大凡八次叉手，八韵即成，因而温庭筠得名“温八叉”。他应试的时候还常常被邻座的人抄袭，又因此得名“救救人”。后来沈询侍郎监考的时候，给温庭筠专门设了一个单独的位置，不跟其他任何考生接近。第二天他在帘前跟温庭筠讲：“向来中第做官的人，文赋都是向你抄的，我今年考场里可再也没有人可跟你抄袭了。”温庭筠终生都未能考中进士。

温庭筠帮过相国令狐绹的忙，后来他就常常出入令狐馆中，令狐绹给他的待遇也特别优厚。当时唐宣宗爱唱《菩萨蛮》，令狐绹就叫温庭筠代他填一首，以便他进献给皇帝。令狐绹再三嘱咐温庭筠不要泄露出去，但是温庭筠看不起令狐绹，嫌他没学问，将此事到处说与人听，令狐绹对他大为不满。

唐宣宗作诗，有句“金步摇”不知道怎么对，让未中第的进士来对，温庭筠用

"玉条脱"对上,宣宗非常高兴,给了温庭筠一些赏赐。令狐绹不懂,他就去询问温庭筠,温庭筠跟他讲此出处为《南华经》,不是什么冷僻的书,相国处理政事的闲暇,也应该多读点书。温庭筠还曾对人说"中书省内坐将军",讥讽令狐绹没学问。自此令狐绹越加恨他,阻挠温庭筠中第。

宣宗皇帝经常改装出行,一次在路上遇见温庭筠,温庭筠没见过皇帝,自然不认识宣宗,他很傲慢地问宣宗:"你是不是司马、长史一流的人物?"宣宗说:"不是。"温庭筠接着问:"那是不是大参、簿、尉之流?"宣宗说:"也不是。"这样的态度,皇帝怎不恼怒,他知道面前是温庭筠,那时温庭筠也做了个小官,回去后宣宗下诏说:"孔门以德行为先,文章为末。你既然德行无取,文章还有什么用?徒有其才,难能有适用之时。"就把他贬为方城县尉。

还有那么一则轶事,杜豳公从西川被任命到淮海做官,温庭筠走访韦曲杜氏林亭,在其上留了一首诗:

卓氏炉前金线柳,隋家堤畔锦帆风。
贪为两地行霖雨,不见池莲照水红。

杜豳公听说以后,赠送了一千匹绢给温庭筠。

由这么一件小事,已经可以看出温庭筠具有什么样的才名,而纵观他的一些事迹,或许温庭筠的性子是不怎么讨喜,比如恃才傲物、性情乖戾等,但是品性上却绝不至于像后世流传得那么恶劣。所以,一个人再有才也要记得藏拙,才不可露白就是这样一个道理。

小知识

温庭筠(约公元 801—866 年),唐代诗人、词人。本名岐,字飞卿,太原祁(今山西祁县)人,唐初宰相温彦博之后裔。《新唐书》与《旧唐书》均有其传。年轻时苦心学文,才思敏捷,晚唐考试律赋,八韵一篇。据说他叉手一吟便成一韵,八叉八韵即告完稿,时人亦称为"温八叉"、"温八吟"。诗词兼工,诗与李商隐齐名,并称"温李";词与韦庄齐名,并称"温韦"。

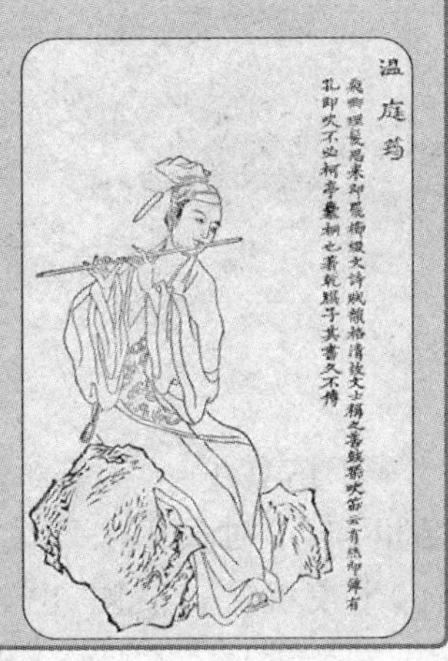

别说机遇只给人才，爱情也是

殷勤谢红叶，好去到人间。

唐僖宗年间一个傍晚，士子于佑一个人在街边散步。这正值“西风吹渭水，落叶满长安”的深秋，于佑看着残阳西坠、秋风萧瑟、万物凋零，羁旅异乡、怀念故土的情怀被勾起，顿时无限伤感。

于佑散步的街道旁边就是长安的御沟，也就是从皇宫流出来的一条水渠。于佑呆立在秋风中片刻，思乡情怀稍稍回转，眼看天色越来越暗，准备回家了。回家之前，他照例在御沟里洗手。忽然，御沟中的一片红叶吸引了他的注意。每年这个时节，御沟里总有很多红叶漂流，然而这一片又大又完整，颜色很漂亮，上面隐约还有墨迹。于佑伸手将那片红叶捡了起来，出乎意料地发现上面写了一首诗：

流水何太急？深宫尽日闲。
殷勤谢红叶，好去到人间。

于佑看了一眼高入云端的宫墙，叹了口气，将红叶带回家中，珍藏在他的书箱里，时不时拿出来赏读玩味。渐渐地，这首幽怨伤感的小诗让他愈来愈无法释怀，半夜里辗转反侧，白天长吁短叹——他知道，因为这首诗、这片美丽的红叶，他开始深深思慕那宫墙内作诗的女子。几天后，于佑也找来一片同样美丽的红叶，提笔写了两句诗：

曾闻叶上题红怨，叶上题诗寄阿谁？

他把这片叶子放到他捡来红叶的御沟里，希望藉此排遣他单相思的情怀，然后失魂落魄地回家去，下决心暂时搁下这苦恋，专心准备考试。可叹人世艰难，于佑屡试不第，而他又倦于游历，便安下心来到河中贵人韩永家里教书，换些钱帛养活自己，再无进取之意。“红叶题诗”也成了他一场遥远的梦，被逐渐淡忘。

一天，韩永找到他说，宫中年纪大的宫女被放出来了，他有一个亲戚亦在此列。那女子年约30岁，姿色艳丽，有不少嫁妆；而于佑尚未成亲，独居此地，两人刚好相配。于佑听明白了，原来韩永是为他做媒而来。于佑感激地再三拜谢，高高兴兴地将韩氏娶了回来。

婚后某日，韩氏无意中在于佑的书箱里看到他珍藏的红叶，大为惊奇：“这是我写的诗，怎么会在你手中？”于佑也吃了一惊，细细将自己当年捡到红叶，又再取一红叶题了诗放回御沟的事情说给韩氏听。韩氏越听越欢喜，取出自己珍藏的红叶给于佑看，那正是于佑当年题诗的那片。韩氏笑道：“后来我回了你一首，现在还藏在我的箱子里呢！”说着便拿给于佑看：

独步天沟岸，临流得叶时。
此情谁会得，肠断一联诗。

于佑夫妇自此更加甜蜜，婚姻生活幸福美满。韩氏生了5个儿子、3个女儿，儿子都学有所成，女儿都嫁给了当世名士。宰相张浚还特别作诗纪念他们这段人间佳话。若不是才华对等的两个人，即便捡到红叶也不能造就如此佳话传奇，所以，别说机遇只给人才，爱情也是。

小知识

“红叶题词”有许多不同的版本，在朝代、人名、情节上都有些微出入。《本事诗》里当事人为顾况，《云溪友议·题红怨》中则为卢渥，而在宋初孙光宪的《北梦琐言》中成了进士李茵。人名虽各不同，但内容大同小异。描写最详尽的是北宋张实的《青琐高议·流红记》，后来被元人白朴、李文蔚分别改编成杂剧《韩翠苹御水流红叶》和《金水题红怨》。

为了"半江水"的执著

前锋月映半江水，僧在翠微开竹房。

唐代白居易的《暮江吟》写道："一道残阳铺水中，半江瑟瑟半江红。"光与色交织出日暮江景，自然而真实。一个"半"字透着朦胧、含蓄之美。清代王士祯《真州绝句》写江景有这么一句："好是日斜风定后，半江红树卖鲈鱼。"与白居易那句诗有异曲同工之妙。以这个"半"字入诗，要数清代李密庵《半半歌》最有名："……饮酒半酣正好，花开半时偏妍；半帆张扇免翻颠，马放半缰稳便。半少却饶滋味，半多反厌纠缠。百年苦乐半相参，会占便宜只半。"细细读来，这首诗充满了大智若愚的境界与品味，值得一品再品。而关于这个"半"的妙处，还有那么一则有趣的小故事。

晚唐有位诗人叫任蕃，年轻的时候科举落第，从此便到处游历山水，增广见闻。某日，他来到浙江名胜天台山的中子峰，这儿崇山峻岭，绵亘蜿蜒，风景绮丽，令人触景生情、诗性大发。只见他伫立在松树下，一边观赏，一边沉吟，片刻之后，便于寺庙粉壁上题诗一首：

绝顶新秋生夜凉，鹤翻松露滴衣裳。

前锋月映一江水，僧在翠微开竹房。

写完后，他又反复吟哦几遍，甚为得意地离开了。只是这一路上，他还不停地想着刚才题的那首诗。当他走出

100里路以后，他恍然惊起，一拍脑袋自语道：“方才诗里我用‘一江水’实在不妥，若是改为‘半江水’岂不更妙！”于是他立即掉头匆匆往回跑。当他风尘仆仆赶回来，却发现那壁上的诗句已经被人改过了，现在这首诗正是他所想的。任蕃大笑，赞道：“改得好！改得好！”赞完又不免遗憾，不知是谁所改，真想与他把酒论诗一番。

这算是古来励志故事里的经典了，百里奔波只为一个字，实在值得钦佩。后人又在任蕃的题诗壁上题写了这么两句诗：“任蕃题后无人继，寂寞空山二百年。”

当人真心沉浸在一个事情里的时候，是最可爱的，不管是多么奔波、忙碌、繁琐，只要它值得，只要你欢喜并且坚定，都是可以尽善尽美的。真希望我们都能懂得并拥有这“半江水”的执著。

剩下来都是有道理的

我未成名君未嫁，可能俱是不如人。

晚唐诗人罗隐，诗名甚为卓著，然而仕途却不是很顺利。他考进士考了十几年都没能及第。

早年，他赴京赶考路过钟陵，曾在一个朋友的宴席上跟妓女云英共桌。这原只是一个小到不能再小的插曲，没什么好在意的。一晃 12 年过去了，他再次赴京赶考，仍然没中，沮丧懊恼难过失落的情绪下，他有一次路过钟陵，恰巧又遇到了 12 年前席上共桌的云英。

云英显然不是个讨人喜欢的女人，她愚蠢而狭隘，见到罗隐那失落的样子，知道他又没考中，就想出言嘲讽。她上前跟罗隐打招呼，然后故意问他："常听人说秀才是有大才的，怎么今年又没中第呢？"罗隐心里本来不痛快，谁想这女人不安慰两句就算了，反而来落井下石，简直可恶！

尤其是一个妓女特地跑来嘲讽他这个读了半辈子书的秀才，实在是耻辱！罗隐秉持着读书人的风度，不能对云英大吼大骂以免有失身份。不过他才思敏捷，立刻想到一首绝句来报复云英：

钟陵醉别十余春，重见云英掌上身。

我未成名君未嫁，可能俱是不如人？

前两句听着似有故人重逢的喜悦，尤其罗隐还夸云英身材好。“掌上身”那可是赵飞燕的身姿，传说赵飞燕腰瘦身轻，可以在人的手掌上跳舞。后两句急转直下，我没功成名就，你也没嫁人，可能是咱俩都不如别人。这两句既回答了云英的问题，又把云英拖了进来，带着轻蔑不屑：十几年了你都没嫁出去，也不比我强嘛！你有什么资格说我？

云英听了罗隐的诗，反应过来后，顿时面红耳赤不知道说什么是好，随便支吾两句，找了个烂理由离开了。这之后好长时间，云英都止不住后悔，暗骂自己没事找事，戏弄人不成反惹来一身臊。

“云英未嫁”这个成语典故，便出自于此。经过多年的发展，经过“连类用事”和“典故偷换”，这个成语已经不是如故事般带着贬义，而是一个中性的词，写女子未婚。

嘲讽别人屡战屡败，成为“剩下来的人”之前，先想想自己。谁也不比谁高贵，谁也不比谁能干，而人的际遇又最难预料，看人不要那么肤浅，做人不要捧高踩低。大凡剩下来的都有道理，别多嘴闲话，做好自己的事。

小知识

罗隐（公元833—909年），字昭谏，新城（今浙江富阳市新登镇）人，唐代诗人。科举总共考了10多次，自称“十二三年就试期”，最终还是铩羽而归，史称“十上不第”。

罗隐工诗能文，与陆龟蒙、皮日休齐名；又与罗虬、罗邺并称“三罗”。一生怀才不遇，同情劳苦大众。著有《江东甲乙集》、《谗书》、《淮海寓言》、《两同书》、《吴越掌记》等。又善行书，《宣和书谱》中，曾录御储所藏罗隐行书数种，称其有“唐人典型”。

乱世才子最悲哀

也知道德胜尧舜，争奈杨妃解笑何？

唐朝末年，政治环境和生存环境都急遽恶化，社会矛盾日趋突出，文人出现了明显的分化：有的归隐山林，有的干禄求仕，有的纵情逸乐。士子罗隐长年辗转于科场，以求仕进，却终身未能如愿。

唐宣宗大中六年，罗隐 20 岁，举进士不第。这是罗隐第一次参加科考。

罗隐在当时名声已经很大，但其生得丑陋，性格耿直，恃才傲物，于是人称丑才子。罗隐诗极好，其中《牡丹花》等，为时人传颂。《牡丹花》诗曰：

似共东风别有因，绛罗高卷不胜春。
若教解语应倾国，任是无情亦动人。
芍药与君为近侍，芙蓉何处避芳尘。
可怜韩令功成后，辜负秾华过此身。

这样的诗名已是难得，然而罗隐并不仅仅想做个才子。唐宣宗大中十三年，罗隐 27 岁，入贡籍。宰相郑畋看重罗隐之才，又知道女儿喜欢诵读罗隐的诗，便将罗隐召至府中。相府千金想象中的罗隐是个风度翩翩的俊俏才子，谁想隔帘一看大失所望，从此也将罗隐的诗弃置一边。

离开了相府之后，罗隐受到刺激，性情变得更为激烈，不把王公将相放在眼里。咸通八年他自编其文为《谗书》，这本书里对唐朝的高层人士连讽带骂，京城的世家公卿达官显贵都很不喜欢他。这后果便是：唐懿宗咸通九年，罗隐 36 岁，落第归东江，不随岁贡；唐懿宗咸通十一年，罗隐 38 岁，秋试落第；唐僖宗光启三年，罗隐 55 岁，东归佐吴越王钱镠。

唐昭宗曾经想以甲科取罗隐，就有一些大臣当场反对，大义凛然道："罗隐虽然有才，但是为人太过轻率，连明皇那样的圣德陛下他都讥讽毁谤，一般的将相大臣就更加难免遭到他的攻击了。"皇帝问罗隐讥讽毁谤明皇什么了，大臣立即举出罗隐所作的诗《华清宫》为证：

楼殿层层佳气多，开元时节好笙歌。
也知道德胜尧舜，争奈杨妃解笑何？

昭宗听了，没有言语，此事压下再也不提了。

所以说，才子遭逢乱世，最为悲哀，结果也只有怀才不遇。

小知识

《谗书》，唐代罗隐撰，共5卷，是晚唐小品文的代表。因为罗隐屡试不第的遭遇，《谗书》表现出鲜明的抒情特质，包括彰显个人价值、批判现实社会，还有对权位的期待。《谗书》还富于理性色彩，它对现实有清醒的认识，对经典进行有意的误读，并总结历史规律。《谗书》篇幅简短，将经验世界和历史世界相贯通，强化语言的情感表达，这些都有助于实现情理的交融。

忧国忧民的还是闲云野鹤

稼穑艰难总不知，五帝三皇是何物。

相传唐朝末年，婺州兰溪县出了个贯休和尚，他书画精湛，诗名远播。贯休俗姓姜，因为家境贫困，7岁时便投身寺庙做了个小沙弥。贯休入寺以后非常勤奋，每天一干完活，就去念书。师父看他日日如此坚持不懈，很喜欢他，常从旁指点，贯休又聪明，一学就会，就这样贯休在庙中慢慢长大。

那时，镇海镇东军节度使钱镠拥兵两浙，统领12州，封吴王，后来钱镠自称吴越国王。钱镠在杭州发展得很好，修筑钱塘江堤，拓展州城，杭州一跃成为江南十分重要的城市，史称"吴越之治"。钱镠还广修寺庙，大兴佛教，网罗名士，对皮日休、罗隐、胡岳等人都予以厚待，因此吸引很多当世名士前去投奔。贯休就是其中之一，他自灵隐寺去投钱镠，还带着一首诗作前去拜谒，诗云：

贵逼身来不自由，几年辛苦踏山丘。
满堂花醉三千客，一剑霜寒十四州。
莱子衣裳宫锦窄，谢公篇咏绮霞羞。
他年名上凌云阁，岂羡当时万户侯。

钱镠看着这首诗，反复吟哦，十分喜欢，尤其是"满堂花醉三千客，一剑霜寒十四州"这一句，但美中不足的是，"十四州"显得狭小逼仄，不够气派，若能改成

“四十州”，便有气势多了。贯休听了，一派洒然道：“州亦难添，诗亦难改，然闲云孤鹤，何天而不可飞？”说完便告辞离去。

后来贯休入蜀，又以诗投王建，诗云：

河北江东处处灾，唯闻全蜀勿尘埃。
一瓶一钵垂垂老，千水千山得得来。
奈菀幽栖多胜景，巴歈陈贡愧非才。
自惭林薮龙钟者，亦得亲登郭隗台。

王建正是广纳贤才的时候，见贯休带诗来投，自然十分高兴，给予优待。王建先是让贯休住在东禅寺，后让他移住新建的龙华道场，还赐他禅号曰“禅月大师”。

两年以后的某一天，王建召见贯休，请他诵读一下近作。当时满座都是朝廷贵戚，贯休早就不满他们的作风，正巧借着这个机会讽刺他们一番，便朗诵了一首《公子行》：

锦衣鲜华手擎鹘，闲行气貌多轻忽。
稼穑艰难总不知，五帝三皇是何物。

贵戚们听了，心里很不是滋味，咬牙切齿盯着贯休，目露凶光。王建却大为欣赏，连连称赞。

贯休说自己是闲云野鹤，然而观其诗，无时无刻不透露着忧国忧民、怜悯百姓的情怀。政客们争权夺利，恐怕也只有闲云野鹤才有这般心思和关怀了。

小知识

贯休（公元852—913年），唐末、五代时僧人、诗人与画家。俗姓姜，字德隐，浙江兰溪人。早年出家，以诗画闻名于世。且僧且游，是个云游诗僧，颇负盛名。他擅长画佛像，所作线条紧密，笔力遒劲，造型古拙。笔下之佛像大多庞眉大目，朵颐鼻隆，人称“梵相”。他的草书功力深厚，笔势飞动，潇洒自如，时人将他比之为唐朝草书名僧怀素，世称“姜体”。绘有《十六罗汉像》、《高僧像》、《维摩像》、《须菩提像》等，另有诗歌《禅月集》行世。他的诗亦不比书画逊色，享盛名已久。

做人不要太轻狂

风号古木悲长在，雨湿寒莎泪暗流。

唐时有胡翙辅佐藩镇，职能相当于现在的秘书。他很有文学才能，尤其擅长写军事公文，每次上司要写什么文书，他总能抓住要领，极合上司心意。

因为节度使年幼，所以一个藩镇的生杀大权都牢牢掌握在了副使张筠的手里。他宣称自己在荆州任职，其实那里只不过是张同在代管，而张同是当时藩镇幕府中的巡查官。胡翙对那个年幼的大帅非常看轻，也因为他那一手写公文的工夫而蔑视同僚，常常做出不尊重人的事情。节度使因着他的才华，并不太责备他，只是常常提醒他注意一下，这使他越来越不受约束。胡翙常常在宴会上喝得正开心之时直呼张筠“张十六”。十六是张筠在家族兄弟里面的排行。胡翙还多次诋毁张筠，因为碍着节度使的面子，张筠也不能拿胡翙怎么样，只能在心里怨恨着。

后来有一次，胡翙到了荆州去拜访张同，可是张同门下仆人都不认识他，悄悄向胡翙随从打听了才知道那是胡翙大夫，连忙请到大厅奉茶相迎。张同听说胡翙来了，急忙赶过来想好好招待胡翙，还打发家仆去准备一桌精致的酒菜。可是等张同出来的时候，忽然听到有人来报：“大人已经走了。”张同很疑惑，人怎么刚来就走啊？他来到大厅，确实没见着胡翙的身影，却看见两个椅子之间有一堆粪便。张同一笑了之，心下却诸多不满。

一次，节度使让胡翙出使后梁，胡翙门下客陈评事随行。张筠秘密地对陈评事行贿，让他监视胡翙有什么不法行为。到了后梁，胡翙不改其性，仍然放纵荒唐，他做的事情全被陈评事一一记录下来。回来之后，节度使知道了胡翙的狂妄轻率，想他一贯如此，便也宽容了。可是陈评事收到张筠的指使，后来虚构了很多罪状，草拟在一张纸上，揣起来禀报节度使。节度使那个时候刚好酒喝多了有些醉意，听到这些大为震怒，立刻下令把胡翙拉出去活埋于平戎谷口。等到节度使酒醒之后知道这件事，非常震惊痛惜。他沉思了许久，感叹道："杀你的人是副使，不是我啊！"后来，每当他要起草公文的时候就想起胡翙，对他甚为思念。

王仁裕曾路过平戎谷，写了一首诗悼胡翙：

立马荒郊满目愁，伊人何罪死林丘。
风号古木悲长在，雨湿寒莎泪暗流。
莫道文章为众嫉，只应轻薄是身雠。
不缘魂寄孤山下，此地堪名鹦鹉洲。

其实仔细想来，杀胡翙的也不是张筠，而是胡翙自己。

小知识

王仁裕，字德辇。其先祖太原人，祖父王义甫任成州军事判官时，迁居秦州长道县碑楼川（今礼县石桥乡斩龙村）。五代著名政治家、文学家，历事岐王李茂贞、前蜀、后唐、后晋、后汉、后周，官至户部尚书、兵部尚书、太子少保，病逝后诏赠太子少师。生于唐僖宗广明元年（公元 880 年），后周显德三年（公元 956 年）病逝开封宝积坊私第。北宋开宝四年（公元 971 年），其孙王永锡护柩归葬故里，宋雍熙元年（公元 984 年），王仁裕门生、宰相李昉撰文《周故太子少师王公神道碑》，张贺书丹并篆额，王永锡立碑于石桥斩龙村祖茔。

诗仙诗圣之外，还有一个诗瓢

业在有山处，道成无事中。

唐末有个唐球，颇有诗名，性子却不像唐初诗人那般风流旷达，而是质朴诚实，憨厚明理。唐末，天下大乱，王建曾因其才名想要征召他做参谋，唐球没有应召，而是避世隐居在浙江一个依山傍水景色秀丽的地方。当时他有不少好句流传出去，如“恰似有龙深处卧，被人惊起黑云生”、“渐寒沙上路，欲暖水边村”。他的故居后来世人名其“球砂寺”，相传宋高宗赵构为避乱兵追击，巡至球砂寺隐居了两天，所以这地方又改名为“隐居寺”。

唐球这人平素作诗有个习惯，他每作一首诗，不是整齐地放在书案上，也不把他们集结成册，而是把诗稿捻成一个圆球，放在一个特制的大瓢里，这倒正合了他的名字“球”字。他的书房平日并不设防，唯独那个放诗的大瓢是他心爱之物，佣仆打扫或妻妾整理时，哪儿都可以碰，唯独那瓢是不许动的。

后来唐球病了，起初只是小病，感冒咳嗽什么的，以为过段日子就好，没想到久病不愈且越来越重，直至卧病在床，请医延药都丝毫不见好转。唐球知道自己快不行了，他想到他那一瓢诗，非常痛苦，如果他就这样死去了，他那些诗不就再无人知晓了吗？他已有诗名，不在乎出名不出名的问题，只觉得他的诗应该流传下去，不应该留在那瓢里。于是，他想到了一个办法。

这日，风和日丽，唐球强撑着病体起床穿戴好，捧着他平日十分珍爱的放满诗的大瓢，来到离他居所不远的江边，他暗想："这些文稿如果沉不进水里，那么得到它的那个人，一定会明白我的苦心。"想着，他便万分珍重地把瓢轻轻放在水面上，然后看着它随水流去，直到消失不见。唐球内心一片怅然，失魂落魄地回到家中，不久便病死了。

话分两头，这个盛放唐球诗做的大瓢漂啊漂，漂到了新渠，还真被人看见，而且这人竟然还认出这瓢的来历，惊叹："这是唐山人的瓢啊！"说着他来不及挽裤脚，连忙下水捞瓢。待他费尽辛苦从水里把这瓢捞出来，这时瓢里面的诗仅存十之二三了。这人打开一看，那些诗多是题咏酬赠之作。如《题青城观》云：

数里缘山不厌难，为寻真诀问黄冠。
苔铺翠点山桥滑，松织香梢古道寒。
昼傍绿畦薅嫩玉，夜开红灶捻新丹。
孤钟已断泉声在，风动瑶花月满坛。

又《题郑处士隐居》云：

不信最清旷，及来愁已空。
数点石泉雨，一溪霜叶风。
业在有山处，道成无事中。
酌尽一樽酒，老夫颜亦红。

唐球也是苦吟派，刻意求工，善于写景咏物，常出佳句，但因题材狭窄，缺乏社会内容，所以没能广泛流传。

下篇 关于宋词的故事

卷一

北宋篇

一个对句成就一首好词

无可奈何花落去，似曾相识燕归来。

晏殊自幼工于诗文，少时就被人称做神童，还接受过皇帝的召见，而且那次召见，晏殊的表现十分抢眼。当时皇帝命他现场作诗一首，小晏殊面对帝王完全没有露出一丝紧张害怕，很诚恳地对皇帝说："这个题目我以前作过，请陛下换一个新题吧！"晏殊的这个态度和行为令皇帝对他欣赏有加，连连赞叹。后来晏殊在官场上一路直升，做到枢密副使。他为官时，亦留下了不少的佳作。

一次，晏殊前往杭州，途经扬州，在扬州大明寺休息。当时有这样一个传统，知名的寺庙都会在墙壁上设一个诗板，供文人们兴起时题诗之用。晏殊知道大明寺也有这样一面诗板，他玩心顿起，闭着眼睛踱到诗板前，让身边的侍从把诗板上的诗念给他听，但是不要告诉他是谁作的诗，以免让他陷入先入为主的思想里，影响他的主观判断。

晏殊听了好一会儿，越来越不耐烦起来。原来这些诗实在平淡无奇，有些简直就是索然无味，大多数诗篇他都无法听侍从完整念完就喊停了。正当晏殊的忍耐已经接近极限之时，他忽然听到侍从念了那么一首诗：

水调隋宫曲，当年亦九成。
哀音已亡国，废沼尚留名。

仪风终陈迹，鸣蛙祗沸声。

凄凉不可问，落日下芜城。

晏殊忽然觉得眼前一亮，这首诗精妙可人，实在让他欣喜。他立即问侍从，这是何人所作？侍从回答说是江都县尉王琪。晏殊太喜欢王琪的诗风了，便命人请王琪来吃饭。这一顿饭，可谓宾主尽欢。饭后，两人还一起去池塘边散步。

这正是春末，池边花丛下掩着无数落红。晏殊想起一件事，突然有感，说："我平日一旦想出什么佳句就会写在墙壁上，然后慢慢琢磨对句，有些句子我花费数年的时间也想不出好的对句。我这人追求完美，也不愿随便弄个句子应付。例如有那么一句'无可奈何花落去'，我至今还没想到有什么好句子可对上。"没想到王琪不假思索，顺口接道："似曾相识燕归来。"晏殊一听楞了，接着笑赞这对句妙不可言。呵，这真是踏破铁鞋无觅处，得来全不费工夫。后来，晏殊将此二句用到他的《浣溪沙・春思》里：

一曲新词酒一杯，去年天气旧亭台。夕阳西下几时回？

无可奈何花落去，似曾相识燕归来。小园香径独徘徊。

这首小令简洁明快，充满怀春惜春的情绪。词人斟满新酒，吟唱新词，叹旧日时光几时能回？美丽的花跟着春一起凋落，就像那些美好的往事一样。你看那知情的燕子好似与人相识，又飞回故园，而此时此地，只我一人浸在这黄昏里，等你来看我的落花满地。

这首词里，最动人、最具有深意的，就是那句"无可奈何花落去，似曾相识燕归来"。晏殊对这一句词的喜爱从不曾掩饰，他还把这句子用到他的《示张寺丞王校勘》诗中。著名词论家杨慎称这两句词是"天然奇偶"。

小知识

晏殊，字同叔，北宋前期婉约派词人之一，抚州临川文港乡人。14岁时就因才华洋溢而被朝廷赐为进士。之后到秘书省做正字，北宋仁宗即位之后，做了集贤殿学士。仁宗至和二年，65岁时过世。性刚简，自奉清俭。能荐拔人才，如范仲淹、欧阳修均出其门下。他生平著作相当丰富，计有文集140卷，主要作品有《珠玉词》。

叫对名字就有好姻缘

金作屋，玉为笼。车如流水马游龙。

宋祁和他的哥哥宋庠是同一年的进士，那是宋仁宗天圣二年（公元1024年）。宋祁的文章比他哥哥宋庠好一些，殿试的时候，得了个状元，哥哥宋庠为探花。这排名报到章献太后刘娥那里遭到反对，说什么“弟不可先足”，于是宋庠被定为状元，而宋祁都没能位列三甲，被置于第十名的位置。兄弟两人同年高中进士，不管其真实的功名排列如何，单这一点已经让世人羡慕不已，在民间传为佳话，人们称这两兄弟“大宋”、“小宋”，这兄弟俩亦是无限风光。

宋祁自中了进士在朝中任职后，常常出入宫门，有几条路是必经的，比如繁台街。这条街本没什么特别，可是有一次，他在经过这里的时候，正遇上从宫里出来的几乘车轿，里面可都是皇宫的妃嫔和宫娥，她们平时极少出宫，这迎面相遇的事情更是少见。宋祁来不及躲避，便恭敬地站在路边让路。那车轿缓缓从他身边驶过，在安静得没有一丝声响的街道上，宋祁听到一声微弱的叫唤：“小宋。”宋祁惊讶地抬起头朝那声音出处望去，只见那轿帘方被轻轻放下，他连一个女子的身影都没瞧见。然而那个声音，那双放下轿帘的手，奇异地印刻在宋祁的心上，再也抹不去。

回到家中，宋祁似着了魔地想那佳人：什么样的女子，在飘然而过的刹那，认出他，轻轻唤他“小宋”、“小宋”，这般亲昵，这般让人留恋。这位因写出“红杏枝头春意闹”而名垂后世、人称“红杏尚书”的文学家，此时仿佛与前朝的诗人李商隐通灵了情感，辗转反侧之下，挥笔写就一首《鹧鸪天》：

画毂雕鞍狭路逢。一声肠断绣帘中。身无彩凤双飞翼，心有灵犀一点通。金作屋，玉为笼。车如流水马游龙。刘郎已恨蓬山远，更隔蓬山一万重。

有生之年，狭路相逢，一声轻唤，惹动相思。笼中之鸟，不得自由，车马如水，流入深宫，恨蓬莱山远，终不能相逢。

即便借了李商隐的句子，这首词仍然美得天地失色。民间普罗大众总是最好的鉴赏家，经典的东西一定会被广为传唱。这阕词最后唱到了宋仁宗那儿，宋仁宗还特意派人查知了这词的因缘，然后命人去询问是谁路过繁台街，叫了一声“小宋”。

一位在旁边伺候的宫女站出来跪倒在地，不卑不亢地诉说：“前些日子我伺候皇上宴席，听见皇上传召翰林学士，后来听皇上近身的公公说，那就是世人称道的‘小宋’。那日跟娘娘出游，从车轿里看见他站在路边，便忍不住叫了一声。”

宋仁宗点点头命她退下，接着召宋祁入宫，对着他语气平缓、神态淡然地说起这件事。宋祁惶恐地以为自己闯下大祸，脸色刷白地跪在皇帝面前，说不出一个字。仁宗爽朗地笑了，颇富深意地取笑宋祁：“蓬莱山可不远呢！就在你眼前。”说着让那位呼唤小宋的宫女走出来，仁宗亲自宣旨赐婚，许他们一个美满姻缘。

俗极了的一个故事，但是想到那个场景——古道、车轿、翩翩少年、清媚佳人，从天边传来一声呼唤，她的音色，他的名字——这是最美的古典情怀啊！现在，谁还能感受？

小知识

宋祁（公元998—1061年），北宋文学家，字子京，安州安陆（今湖北安陆）人，后徙居开封雍丘（今河南杞县）。宋祁初任复州军事推官。经皇帝召试，授直史馆，官至龙图阁学士、史馆修撰、知制诰。曾上疏认为国用不足在于“三冗三费”，“三冗”即冗官、冗兵、冗僧，“三费”是道场斋醮、多建寺观、靡费公用，主张裁减官员，节省经费。并与欧阳修同修《唐书》，《新唐书》大部分为宋祁所作，前后长达10余年。书成，进工部尚书，拜翰林学士承旨。嘉祐六年卒，年64岁，谥景文。

奉旨填词柳三变

忍把浮名，换了浅斟低唱。

中国古代文人似乎都逃不过一个悲哀的宿命：他们一开始都不想做一个单纯的诗人、词客或者文学家。即便他们生而拥有天大的才情，他们读书也只为了一件事：参加科考，拔得头筹，头角峥嵘显命扬名。

更有抱负一点的，还有一些“致君尧舜上，再使风俗淳”的政治胸怀。柳永亦是如此，然他天性却不该如此，于是宋仁宗赵祯暗合了他的宿命，轻飘飘地推了一把。

那时柳永还年轻，柳家世代为官，他自小读书奋进也不过是为了继承家业，最好能官至公卿，光宗耀祖。学成之后，他来到汴京应试。

汴京是夫子和书本之外的另一个世界，它宏大繁华，它有最醇的酒和最美的女子，美酒佳人是才子的灵感之源，他开始写：“近日来，陡把狂心牵系。罗绮丛中，笙歌筵上，有个人人可意。”“知几度，密约秦楼尽醉。仍携手，眷恋香衾绣被。”他“自负风流才调”，自信“艺足才高”，他在日日欢歌和极富才情的词作中把自己放大，觉得科考于他是信手拈来的事情。

我们冷眼旁观都可以预料到结果，他必然名落孙山，也的确如此。他难过悲伤，他沮丧愤恨，于是他写了《鹤冲天》：

黄金榜上，偶失龙头望。明代暂遗贤，如何向？未遂风云便，争不恣狂荡。

何须论得丧？才子词人，自是白衣卿相。

烟花巷陌，依约丹青屏障。幸有意中人，堪寻访。且恁偎红翠，风流事，平生畅。青春都一饷。忍把浮名，换了浅斟低唱！

仁宗初年，柳永再临科场，成绩本已合格，然而这首《鹤冲天》却传到了禁宫，上达天听。于是仁宗皇帝勾掉了他的名字，御笔一挥："且去浅斟低唱，何要浮名。"正是这句话，成全了柳永一代词霸的地位，无人可以撼动。

也许宋仁宗当时心情正不好，但是我更愿意作一个浪漫的猜想——宋仁宗太爱惜柳永了，那是一个长者温柔敦厚的关怀：姑且去填词吧！世事沧桑，要浮名何用？这个朝廷不缺一个柳永，而民间教坊却不可没有柳三变。

于是，叶梦得《避暑录话》载："教坊乐工每得新腔，必求永为辞，始行于世，于是声传一时。"

于是，陈师道《后山诗话》云："柳三变游东都南北二巷，作新乐府，天下咏之，遂传禁中。仁宗颇好其词，每对酒，必使侍从歌之再三。"这似乎是仁宗皇帝爱护他的一个铁证。

于是，"凡有井水饮处，即能歌柳词"。

于是，"衣带渐宽终不悔，为伊消得人憔悴"成为经典绝唱，更被国学大师王国维誉为古今成大事者的第二境界。

柳永自嘲"奉旨填词柳三变"，他奉的是圣旨，是他天赋才情的旨意，更是整个时代的旨意。这世上，再没有另一个"忍把浮名，换了浅斟低唱"的柳永让人如此动容。

小知识

柳永（约公元 987—约 1053 年），崇安（今福建武夷山）人，原名三变，字景庄，后改名永，字耆卿，因排行第七，又称柳七。北宋词人，婉约派最具代表性的人物之一，代表作《雨霖铃》。宋仁宗朝进士，官至屯田员外郎，故世称柳屯田。

用药名写成的词

分明记得约当归，远至樱桃熟。

北宋有个诗人叫陈亚，特别擅长以药名入诗，据说他的药名诗有100多首在坊间流传。这个陈亚虽说不以词闻名，但是他现存的4首词却都是以药名为题，很值得一读。药名词，每一句至少要出现一个药名，当然为了方便入词，这些药名可以用谐音的方式借用别的字。

陈亚这种专门写药名诗词的人，在宋代词人里十分罕见。他很小的时候便父母双亡，成了孤儿，只好被寄养在舅舅家。他舅舅是医工，在舅舅家耳濡目染，使得他对药名十分敏感，记忆也十分快速，这给他灵活使用药名入诗入词打了个好基础。他有一首《生查子·药名闺情》写得极好，简直是他妙用药名写词的典范：

相思意已深，白纸书难足。字字苦参商，故要檀郎读。
分明记得约当归，远至樱桃熟。何事菊花时，犹未回乡曲？

词里描写一个深闺少妇在丈夫远行之后，日夜思念他，便写了一封长信给他，来诉说自己的痛苦。她问他：你还记得你离开之时我们之间的约定吗？我一再叮咛，最迟到樱桃成熟的时节，你必须回家。你看现在菊花都开了，为什么还不见你归来？

短短几句，有爱有怨，有思念有失落，交织在一起，一气呵成，意蕴深远，读来令人感同身受，怅然若失。其中每句一个药名，“相思”、“苦参”、“当归”、“樱桃”、“菊花”是药名本字；“意已（薏苡）”、“白纸（芷）”、“郎读（狼毒）”、“远至（志）”、“回乡（茴香）”等，则是同音假借而来。

有一点特别值得说明，虽然这词里以药名贯穿，句句不离，却不是简单的标新立异和玩弄文字游戏。陈亚在作这首词的时候，用字遣词都非常神妙，比如“记得约当归”之前有个“分明”二字，突出少妇对于跟丈夫分手那一刻的印象之深，又暗暗含着怨尤。又比如诗里“参商”指的是参商两颗星子，这两颗星，此起彼落，永不相见，可见这少妇思念之切。宋人对这首词的评价相当高，以至于不少人来模仿这篇药名词，连大词人辛弃疾也做过这样的事情，他有两首词就是仿这般意趣而作。

《定风波·招婺源马荀仲游雨岩》

山路风来草木香，雨余凉意到胡床。泉石膏肓吾已甚，多病，提防风月费篇章。

孤负寻常山简醉，独自，故应知子草玄忙。湖海早知身汗浸，谁伴？只甘松竹共凄凉。

《满庭芳·静夜思》

云母屏开，珍珠帘闭，防风吹散沉香。离情抑郁，金缕织硫黄。柏影桂枝交映，从容起，弄水银堂。惊过半夏，凉透薄荷裳。

一钩藤上月，寻常山夜，梦宿沙场。早已轻粉黛，独活空房。欲续断弦未得，乌头白，最苦参商。当归也！茱萸熟，地老菊花黄。

后来药名词在宋代词坛上形成一体，可见其特殊魅力，也可见传统中医文化是多么地深入人心。这些词苑奇葩虽然不是多么璀璨夺目，但也堪称精彩绝伦，我们没理由错过。

小知识

陈亚，字亚之，维扬（今江苏扬州）人，约宋真宗天禧初前后在世。咸平五年（公元 1002 年）进士。曾守越州、润州、湖州，仕至太常少卿。家有藏书数千卷，名画数十轴，为生平之所宝。晚年退居，有“华亭双鹤”怪石一株，尤奇峭，与异花数十本，列植于所居。

尚书见郎中，要用“绰号”对“暗号”

沙上并禽池上暝，云破月来花弄影。

古人常常从某个人写的绝妙诗句中，得出一个雅号赠给词作者。比如张先有首《一丛花》颇受世人喜爱推崇，里面有一句“沉恨细思，不如桃杏，犹解嫁东风”堪称经典，世人便称他“桃杏嫁东风郎中”。他还有一首《天仙子》更是广为人知，广受好评：

《水调》数声持酒听，午醉醒来愁未醒。送春春去几时回？临晚镜，伤流景，往事后期空记省。

沙上并禽池上暝，云破月来花弄影。重重帘幕密遮灯，风不定，人初静，明日落红应满径。

写这首词的时候张先有50多岁了，临老伤春是词作里常有的题材。这首词还有个小注：“时为嘉禾小倅，以病眠，不赴府会。”由此看出这是张先在百无聊赖，又厌倦了歌舞盛会之时所作的。上片说词人手拿酒杯听曲，听着听着心情更加烦闷无法排遣，酒醉睡去。一觉醒来已是正午，但愁绪却未曾减轻。春去不复返，美好时光也是这样，对镜自照，人已衰老，往事浮现在眼前。下片从沙滩上双宿双栖的鸳鸯写起，月上西楼，风又紧了，他进屋放下重重帘幕，摇摇晃晃的昏黄灯光下，只有他一个人。明天，被风吹落的花瓣应该会铺满整个小径吧！迟暮伤春的情绪跃然纸上。

这首词中“云破月来花弄影”可谓神来一句，月下风骤花枝摇曳，这样一个瞬间被那么一句词紧紧抓住，扣人心弦，尤其“弄”字，妙到极致，王国维非常推崇。

也是因为这一句，张先又被人称作“云破月来花弄影郎中”。

有个与张先同处一个时代的词人叫宋祁，因为“红杏枝头春意闹”这个佳句备受推崇，人送绰号“红杏枝头春意闹尚书”。宋祁对张先的为人、名声都十分钦慕，很有惺惺相惜之感。张先 70 多岁的时候来到京城，宋祁得知消息立即登门拜访。宋祁让仆人通报时不让人说他是谁，而是要求仆人对张先说：“尚书想见‘云破月来花弄影郎中’。”张先听了这一句，立即跑过来看着宋祁问：“可是‘红杏枝头春意闹尚书’？”竟然就一见如故了。接着自然是摆酒设宴，进行攀谈，结下深厚友谊。可见，绰号起好了，暗号对好了，也能得到一个挚友。

要说张先觉得自己写的词里哪一句最得意，首推“云破月来花弄影”。但张先自己也说过，还有两句是他平生极爱的句子——“娇柔懒起，帘压卷花影”、“柳径无人，堕风絮无影”。因此张先还得名“张三影郎中”。看来要论绰号，还是张先最多。

小知识

张先（公元 990—1078 年），字子野，乌程（今浙江湖州吴兴）人。张先于天圣八年（公元 1030 年）中进士，明道元年（公元 1032 年）为宿州掾，康定元年（公元 1040 年）以秘书丞知吴江县，次年为嘉禾（今浙江嘉兴）判官。皇祐二年（公元 1050 年），晏殊知永兴军（今陕西西安），辟为通判。嘉祐四年（公元 1059 年），知虢州。曾知安陆，故人称张安陆。与赵抃、苏轼、蔡襄、郑獬、李常诸名士登山临水，吟唱往还。

作一首好词免受罚

柳外轻雷池上雨，雨声滴碎荷声。

钱惟演是吴越王钱俶的儿子，后归降了北宋，再加上钱氏跟宋王朝有着姻亲的关系，所以他一直官居要职，势力也颇为庞大。

钱惟演任洛阳留守的时候，他幕府里集齐了北宋的多位大文学家、大诗人，比如欧阳修、梅圣俞、谢希深，等等。欧阳修时任洛阳推官，他的才名已显，只是行为举止颇得人诟病，实在不够检点。而且据说当时他与钱惟演的一个歌妓还有私情。这让梅圣俞等自诩名士的家伙非常看不惯，说他“有才无德”。他们经常对钱惟演打小报告，只是钱惟演听了都一笑置之，并不追究。

钱惟演府上常常举办宴会，照例他下属的那些官员都要参加，一个也不能少，歌妓们也要全体来到宴会上表演助兴。可是有一次，所有人都到了，钱惟演也坐上了主座，可是欧阳修与那位传说跟他交好的歌妓都没有来。本来少两个人是没那么容易被发现的，凑巧的是当天有那位歌妓的独唱表演。众人迟迟不见歌妓上台，钱惟演非常生气，命人速速去找。等了半晌，歌妓自己才匆匆赶来，钱惟演立即大声斥问：“你为什么会迟到？”那歌妓虽然心内惶恐，却故作镇定地撒了谎：“天气闷热，我中了暑，在凉堂歇息不小心睡着了，醒来后发现金钗丢失，费了好长时间还没找到，这才误了时间。”钱惟演观她神色不对，又想起人们传说她与欧阳修有关系，便半开玩笑道："你要是能请动欧阳推官为你写一首词，我非但不怪罪你，还送你一枝金钗。"这时欧阳修也已来到席上，他当即作了一首《临江仙》：

柳外轻雷池上雨，雨声滴碎荷声。小楼西角断虹明。阑干倚处，待得月华生。

燕子飞来窥画栋，玉钩垂下帘旌。凉波不动簟纹平。水精双枕，傍有堕钗横。

这是夏日雨后初晴的景致：隐隐雷声从柳岸之外传来，沙沙雨声滴落在荷叶上，一弯断虹出现在小楼西边一角，引来听雨之人盈盈立于画屏栏杆处。久久，天边升起一轮明月。凉意渐起，倚栏人来到帘下，燕儿归来，夏日显得如此宁静。从帘子外面窥看里面，枕簟生凉，枕边横着女子的一枝金钗。

这词不落俗套，意境极美，宴席上众人一致赞叹，就连梅圣俞等看不惯欧阳修的人也不得不承认他词写得好。钱惟演兑现诺言，宽恕了那歌妓，赏了她一枝金钗，还让她为欧阳修斟满一杯酒。

小知识

欧阳修（公元 1007—1073 年），字永叔，号醉翁，又号六一居士。吉安永丰（今属江西）人，自称庐陵（今永丰县沙溪人）。谥号文忠，世称欧阳文忠公，北宋卓越的文学家、史学家。

在爱里还怕什么清规戒律

沉恨细思，不如桃杏，犹解嫁东风。

词人多风流，这已经是刻进大家心里的认知了。张先自不例外，亦是一名风流才子。别的才子流连舞榭歌台，恋上某个舞女歌妓也算稀松平常，或是萍水相逢，钟情于某个小家碧玉，成就一段佳话。张先与众不同，他年轻时曾经恋上一个貌美的小尼姑。

那一段相遇已不可考，反正那是不归佛祖管的美妙时刻。两人交往渐渐频繁起来，感情越来越深厚。过了一段时间，两人的感情被小尼姑的师父发现了。可笑出家人慈悲为怀，却独独不能饶恕少年心性。她再也不允许小尼姑私下会客，甚至把她隔离到了一座水中小岛上的阁楼之中。老尼姑心肠坚硬似铁，无意恋凡尘，便自去断情绝爱好了，还非要搭上自己年轻俏丽的小徒弟，让人恼恨。

张先确实恼恨了，为一解相思之苦，他趁着夜深人静，独自摇着一叶扁舟划过水面，向心上人驶去。小尼姑见情郎来看她，欢喜得几乎落泪，她从阁楼上轻轻放下梯子，好让情郎上来与她相会。

我从不知道中国古人有这样浪漫的情怀，我能想象那个画面有多美——湖水、孤岛、阁楼；月光、男女、长梯，这个画面和罗密欧爬上朱丽叶的窗台，王子攀上长发公主的发辫一样经典。

两人默默对望着半天不说话，其实不用说话能这样看着对方，已经是莫大的满足。时间过得飞快，因为怕被小尼姑那不讲理的师父发现，张先不能继续逗留了，他得离开。他们太可怜了，匆匆一见，又匆匆别离。临走时，张先暗合自己的心情，写下《一丛花》：

伤高怀远几时穷？无物似情浓。离愁正引千丝乱，更东陌、飞絮蒙蒙。嘶骑渐远，征尘不断，何处认郎踪？

双鸳池沼水溶溶，南陌小桡通。梯横画阁黄昏后，又还是、斜月帘栊。沉恨细思，不如桃杏，犹解嫁东风。

他完全用女子的口吻来描摹他们的深情。他说没有比他们之间的感情更浓重的东西！他恨他们虚度了这样的青春时光，倒不如那桃李春花，在即将凋零之时，还能把自己托付给东风。“不如桃杏，犹解嫁东风”这一句，化用了李贺诗句“可怜日暮嫣香落，嫁与东风不用媒”，比喻妥贴新颖，使得全词卓然生辉。张先因为这一句，世人雅称他“桃杏嫁东风郎中”。

这个故事的结局消散在风里，小尼姑有没有还俗，他们有没有在一起，一概无人得知。况且，又有什么必要非得知道？我们只需懂得：在爱里，什么清规戒律都是浮云。

小知识

“可怜日暮嫣香落，嫁与东风不用媒”出自李贺《南园十三首》其一，全诗是：

花枝草满眼中开，小白长红越女腮。

可怜日暮嫣香落，嫁与东风不用媒。

这是李贺辞官回乡居住在昌谷家中所作。诗句以拟人手法写花开时的妍丽及暮春时花落的惆怅，以欣喜的笔调来写伤感的意味，令人不胜悲戚。

中下层民众亦有词人偶像

欲问行人去那边，眉眼盈盈处。

宋代有个词人，非常孤芳自赏，他常跟人说，他的词都可以超过柳永。这个人叫王观。王观的词，确实是从柳永承袭而来的，但要说超过柳永，则是绝无可能，甚至他的词根本没办法跟柳永的词相提并论。

不过他有些地方还是值得肯定的。王观存词虽不多，却不乏透着奇思妙想的作品，其风格风趣而不粗鄙。词论家王灼曾在《碧鸡漫志》里评价过他的词："王逐客才豪，其新丽处与轻狂处，皆足惊人。"

王观的词在当时，多受到市民阶层的喜爱。王观是宋神宗时的翰林学士。有一次，皇帝和后妃在宫里饮酒取乐，做各种好玩的游戏，玩得特别尽兴时，皇帝就命词臣过来作词。

给皇帝作词一定要把握分寸，若是一时不慎写了不该写的句子，断送前程事小，小命送掉事大，以前也不是没有过这样的例子。柳永那首《醉蓬莱》就是典型的例子，因为这首词，他一生遭到贬抑不能入仕。

王观在词的创作上承袭了柳永，没想到命运与柳永也是如此相似。这听皇帝命令所写的词，本来应该遵从雍容典雅、华贵高洁的风格，可是他写的《清平乐》是什么样的呢？

黄金殿里，烛影双龙戏。劝得官家真个醉，进酒犹呼万岁。

折旋舞彻《伊州》。君恩与整搔头。一夜御前宣住，六宫多少人愁。

金碧辉煌的宫殿里，刻着龙纹的银烛下，只见那备受皇帝宠爱的宫妃，使尽浑身解数，千娇百媚地依偎在皇帝身旁，劝得皇帝饮下许多美酒，还甜腻地直呼万岁万岁万万岁，皇帝已在美酒和美人的诱惑里微醉。

那宫妃还不停歇，又唱起歌跳起舞来，歌舞罢，皇帝亲自为她整理头上散乱的宫花。她终于得到伺候皇帝的机会，这一夜她风光无限，后宫却不知道多少女子空自嗟叹，愁绪满怀。

这词说的每句话、每个字都是真实的，可是王观蠢在把真话说给听了一辈子假话的皇帝听，皇帝哪里能接受。神宗的母亲高太后更是怒不可遏——这王观好大的狗胆！他竟然亵渎圣上！

没等皇帝发火，太后先下了懿旨，要重惩王观，罢了他的官，驱逐他出京。从此人称王观为“逐客”。

其实，王观最具影响力的作品不是《清平乐》。《卜操作数》语言活泼，雅而不谑，堪称佳作：

水是眼波横，山是眉峰聚。欲问行人去那边？眉眼盈盈处。

才始送春归，又送君归去。若到江南赶上春，千万和春住。

这是一首送别词，王观为送友人鲍浩然去浙江而作。虽为送别，却无多少离愁别绪，词意轻快。而且最巧妙的是把“山水”此等无情物，写得似情意深深的人。这样语言俏皮不落俗套的词，当然大受欢迎。正因如此，王观成了中下层民众非常欢迎的词人。

小知识

王观(公元1035—1100年)，字通叟，宋代词人，如皋(今江苏如皋)人。王安石为开封府试官时，科举及第。宋仁宗嘉祐二年(公元1057年)考中进士，后历任大理寺丞、江都知县等。著《扬州芍药谱》一卷。

琅琊幽谷醉翁操，以无声写有声

琅然，清圆，谁弹，响空山。无言，惟翁醉中知其天。

北宋年间，大文学家欧阳修谪居滁州。滁州是个山清水秀的地方，在环抱着它的群山之中，琅琊山风光最美。山中琅琊幽谷山泉清洌，飞瀑壮丽，无一丝人世间嘈杂的声响，这里像个与世隔绝的秘境，拥有纯天然的美景和妙声，尤其是那动听的声音，简直就是天籁。欧阳修经常沉醉在这琅琊幽谷之中，把酒静坐，听流水叮咚，观日出日落，看云卷云舒，流连忘返。

有个僧人叫智仙，他也十分喜爱这幽谷，便在此筑了个亭子。欧阳修因与这智仙有些交情，他便刻石庆祝这亭子的建成，后来成为滁州一大名胜。十几年过去了，太常博士沈遵的好奇心之旺盛是远近闻名的，他因为仰慕欧阳修，对欧阳修在滁州的经历很在意，于是来到琅琊山探秘。他站在琅琊幽谷里，闭上眼睛，呼吸着这纯净的空气，听着大自然的交响乐，他被深深吸引了，这美妙的声音太过令人陶醉，他几乎一气呵成地谱成了一支琴曲，曲名理所当然地用了欧阳修的雅号，便叫《醉翁操》。据说此曲宫声三迭，节奏疏宕，妙然天成。

后来一次偶然的机会，沈遵跟欧阳修在河朔遇到。沈遵高兴坏了，立即拉住欧阳修，取琴来弹奏他那首得意之作《醉翁操》给他听。欧阳修听了开头即被吸引，还跟着沈遵的调子吟唱了一首歌。两人交浅情深，欧阳修把刚刚吟唱的歌送给沈遵，这事欧阳修的文集里有记载。

时光匆匆，又过了 30 多年，沈遵和欧阳修都已逝世。沈遵生前有个门客精通琴理，这就是庐山道人崔闲，他跟很多志同道合的朋友都认为欧阳修哼唱的词跟《醉翁操》的琴曲不和，崔闲记下了曲谱来到苏东坡住处，请求苏东坡填一首相和的词。而苏东坡果然不负所托，填出了一首千古名词《醉翁操》：

琅然，清圆，谁弹，响空山。无言，惟翁醉中知其天。月明风露娟娟，人未眠。荷蒉过山前，曰有心也哉此贤。

醉翁啸咏，声和流泉。醉翁去后，空有朝吟夜怨。山有时而童颠，水有时而回川。思翁无岁年，翁今为飞仙。此意在人间，请听徽外三两弦。

随着岁月流逝，《醉翁操》的琴曲失传，只留下苏东坡的这么一首词。我们已经听不到那到底是怎样美妙的曲子，我们只能从苏东坡的词里隐约拟想：它应该是跳跃的、欢快的、清脆而婉转的；它很能够贴合自然，顺着风，顺着流水飞瀑，顺着月光，流淌进人们的心里。苏东坡果然是千古词客，他用无声的语言，写尽了有声的曲子，甚至有声的自然乐章。而且据说这首词几乎是顷刻而就，在后世的传唱里，也从未被改动。

小知识

《醉翁操》，琴曲名，也称《醉翁吟》、《醉翁引》。沈遵作曲，庐山道士崔闲谱声，苏轼配歌。歌中“醉翁”指欧阳修。此曲曲目见于《琴苑要录》。则全和尚曾以此曲为例，介绍宋代“调子”节奏的特点，可见《醉翁操》曾是很流行的作品。现存曲谱首见于明初《风宣玄品》。

因为懂得，所以朝云易散

枝上柳绵吹又少，天涯何处无芳草。

“香山不辞世故，青莲闲混江湖。天仙地仙太俗，真人唯我髯苏。”启功先生作诗这样赞他。的确，纵观苏轼一生，始终不变的信条便是一个“真”字，从官场沉浮到一生情事皆然。他一生娶过两位正妻，感情深厚相敬如宾，遗憾的是都未能与之偕老。他也有过几位生死相交的红颜知己，然而真正的灵魂伴侣应该只有王朝云。

宋熙宁四年，苏轼因反对王安石变法而被贬为杭州通判，这一贬，让他遇见了姿色姝丽、流落风尘的王朝云。在杭州的苏轼夫人王闰之把王朝云从歌舞班里买了出来，收为侍女。那时朝云12岁，还是个天真但不懵懂，聪明而不卖弄的孩子。那时候朝云也还不识字，平日在青楼所学的无非调琴弄弦、曼舞轻歌、煮茶待客等事罢了。她琵琶弹得极好，每次苏家设宴，苏轼就会招她来献曲一首。后来黄庭坚回忆道：“尽是向来行乐事，每见琵琶忆朝云”，可见其精于琵琶。

李白有诗“十四为君妇”，在古代14岁的女孩已经可以嫁人了。于是等到了14岁的时候，朝云由夫人的侍女变成了苏轼的侍妾。随了苏轼之后，王朝云开始读书识字，并且开始爱上书法，能写出工整的楷书。

熙宁七年，苏轼在润州（今江苏镇江）公干，收到朝云寄来的一封回文锦书，欣喜之情一言难诉，即写下了一首《减字木兰花》：“晓来风细，不会鹊声来报喜。

却羡寒梅，先觉春风一夜来。香笺一纸，写尽回文机上意。欲卷重开，读遍千回与万回。”

因为乌台诗案，苏轼被贬到黄州，虽仍留有官职，到底是戴罪之身，一路颠沛流离不说，到了任上，悉数俸禄尽去，只剩下朝廷发放的微薄实物可领。19岁的朝云紧紧跟随无怨无悔。

那几年在黄州，朝云悉心照料苏轼的生活起居，两人感情日渐深厚，苏轼让朝云做了妾。侍妾与妾，一字之差，云泥之别，侍妾还是个奴婢，而妾却是主子了。

元丰六年，朝云为苏轼生下一子。48岁的苏轼喜获麟儿，那高兴开怀自不待言。三朝洗儿会上，他大发感慨做《洗儿诗》：“人皆养子望聪明，我被聪明误一生。惟愿孩儿愚且鲁，无灾无难到公卿。”

此时离他入乌台狱还不到4年，他内心的愤懑和悲楚还没能全部排遣掉，时运不济，前途堪虑，这是他内心的牢骚，也是他对幼子的祝福。然而，这个孩子却不幸夭折了，竟没活过10个月。苏轼和朝云都很悲痛，尤其是朝云，几欲与儿同去。

晚年，苏轼思想渐渐倾向于佛教，而朝云受他的影响也开始学佛，并用佛法化去丧子之痛。那时候他们在惠州，惠州的秋天，两人相对闲坐，看窗外落木萧萧，景色凄然萧瑟，苏轼不禁悲从中来，央朝云唱一阙《花退残红》：

花褪残红青杏小。燕子飞时，绿水人家绕。枝上柳绵吹又少，天涯何处无芳草。

墙里秋千墙外道。墙外行人，墙里佳人笑。笑渐不闻声渐悄，多情却被无情恼。

朝云取来琵琶，清清嗓子，半晌唱不出一个调，继而竟泪流满面。苏轼忙过来安慰，问她为何，她说：“那一句‘枝上柳绵吹又少，天涯何处无芳草’，我唱不下去。”朝云的声音很轻，轻得仿佛手指一抹就可以将这句话擦去。苏轼怔了半晌，而后佯装大笑：“我正悲秋，你却又伤春来了。”

他们都是那样懂得。古人认为，芳草是柳绵所化，所以柳绵吹遍天涯，芳草于是遍地而生。他们这许多年，如浮萍一样无根无家，在政敌迫害下，不断遭贬，经历了一次次打击，一次次煎熬，言语难诉。

朝云唱不下去的不是歌，是心疼。她总是最懂她爱的人。记得一次苏轼下朝回来，在庭院散步时，抚摸着肚皮问侍从：“你们知道这里都装着什么吗？”一个婢女答是文章，又一婢女说是机械，苏轼摇头，一回首，与朝云四目交投，朝云笑说：“学士一肚子的不合时宜。”知苏轼者，唯朝云耳。

“朝云”实在是个美丽的名字，然而美丽的东西总是好景易逝。白居易有句煞风景的诗：“彩云易散琉璃脆”，竟一语成谶。绍圣三年六月，朝云染上了时疫，惠州地偏，缺医少药，最后朝云殁于七月五日。苏轼把她葬在惠州西湖畔，然后小心修堤、造亭、植梅……生前她随他颠沛漂泊，死后他还了她一个天下所有女子的心愿——唯我所爱，永生不忘。

小知识

苏轼（公元1037—1101年），字子瞻，又字和仲，号“东坡居士”，北宋著名文学家、书画家、词人、诗人、美食家，“唐宋八大家”之一，豪放派词人代表。其诗、词、赋、散文，均成就极高，且善书法和绘画，是中国文学艺术史上罕见的全才，也是中国数千年历史上被公认文学艺术造诣最杰出的大家之一。其散文与欧阳修并称欧苏；诗与黄庭坚并称苏黄；词与辛弃疾并称苏辛；书法名列北宋四大书法家“苏、黄、米、蔡”之一；其画则开创了湖州画派。

解开误会的《贺新郎》

若待得君来向此，花前对酒不忍触。共粉泪、两簌簌。

俗话说：上有天堂下有苏杭。杭州有西湖，西湖名胜被骚人墨客用笔端刻成最隽永的美丽记忆，植入国人脑海之中，所谓湖光山色也不过就是那般景致。

元祐三年，苏轼被封为龙图阁学士，并且任杭州太守。他来到杭州，便按照杭州官员们的惯例，在西湖边上举行酒宴，招待客人以及下属们。一般在酒宴上，官员们还会请来众多的歌妓表演助兴，苏轼的这次宴会也不例外。

当时有个叫秀兰的歌妓最为出色，人长得美、歌唱得好，她站在舞台上就会成为所有人的焦点，吸引大家全神贯注看她舞听她歌。她走下舞台又俨然成了左右逢源的交际家，善于应对各种人各种事。只是这一次，秀兰迟迟未到场，苏轼派人去催，催了好久才见秀兰姗姗来迟。

苏轼上前问她为什么迟到，秀兰躬身行礼，不慌不忙又略带歉意道："我洗澡梳妆之后，一时困倦竟然睡着了。方才一阵敲门声将我从梦中惊醒，一问之下，才知是乐手们催我来参加宴会，这才迟了。失礼之处，望太守见谅。"秀兰态度温文有礼，对答得当，苏轼很满意，便原谅了她。

此时在座还有一个一直钟情于秀兰的副官。他对秀兰这次迟到耿耿于怀，怀疑秀兰是因为私情才迟到，便咄咄逼人地指责秀兰："你定是有什么别的事情吧？不然太守的宴会如此重要，怎能迟到？"

秀兰再三辩解，此人却紧抓不放。此时恰逢石榴花开，秀兰嫣然巧笑，摘下一枝石榴花送给那副官，嘴里说着甜甜的话。那副官觉得这秀兰分明是对自己逢场作戏，无半分真心。秀兰无奈垂泪，苏轼见状却灵感顿至，挥笔写就一首《贺新郎》：

乳燕飞华屋，悄无人、桐阴转午，晚凉新浴。手弄生绡白团扇，扇手一时似玉。渐困倚、孤眠清熟。帘外谁来推绣户？枉教人梦断瑶台曲。又却是、风敲竹。

石榴半吐红巾蹙，待浮花浪蕊都尽，伴君幽独。秾艳一枝细看取，芳心千重似束。又恐被、秋风惊绿。若待得君来向此，花前对酒不忍触。共粉泪、两簌簌。

初夏，华屋中，美人沐浴纳凉，她手中弄着绢扇，困倦倚在枕边，不知不觉进入梦乡。帘外忽然传来推门声，美人惊醒一看，才知道是风吹竹叶的响动。石榴花开，其他花都凋谢了，恐怕到了秋天，这些花枝也要受尽摧残。等到那时知心人再来，可是只能对酒伤怀，看美人的眼泪与花瓣簌簌而落。

秀兰接着把这首词演唱出来，她的歌喉和风采令那副官如痴如醉，瞬间驱走了他方才的不快，两人之后也顺理成章地和解了。

小知识

本故事选自《古今词话》。而关于这首词的创作背景众说纷纭，有记载说是苏轼在杭州万顷寺，见到寺中榴花树，又见到有歌者白天在安睡；《耆旧续闻》说，这是苏轼写给一个叫榴花的女子的。

谁记琴操一段情

山抹微云，天连衰草，画角声断谯门。

秦少游的风流人尽皆知，他曾经极为迷恋一个歌妓，特地为她写了那首著名的《满庭芳·山抹微云》，全词情深意重、缠绵悱恻、寄托深远，堪称杰作：

山抹微云，天连衰草，画角声断谯门。暂停征棹，聊共引离尊。多少蓬莱旧事，空回首，烟霭纷纷。斜阳外，寒鸦万点，流水绕孤村。

销魂，当此际，香囊暗解，罗带轻分。谩赢得青楼，薄幸名存。此去何时见也，襟袖上，空惹啼痕。伤情处，高城望断，灯火已黄昏。

这首词为文坛诸位学士传为佳话，连苏东坡都大为欣赏。

一天，西湖边上些许文人在聚会，有人闲唱这首《满庭芳》。这人唱得起劲，偶然唱错了一个韵，把“画角声断谯门”唱成了“画角声断斜阳”。那天，杭州名妓琴操正好在游西湖。她是杭州歌舞妓中的佼佼者，容貌绝艳、身姿窈窕，工诗词，善歌舞，很受文人们的欢迎。她听到人家唱错了韵，连忙跑去纠正：“公子，那是‘谯门’，不是‘斜阳’，您唱错了。”这人上下打量琴操半晌，也不认错，只含笑戏谑道：“在下观姑娘才华不凡，那姑娘能改韵作一首新词吗？”琴操莞尔接过婢女递来的琴，当即自弹自唱一首改韵的《满庭芳》：

山抹微云，天连衰草，画角声断斜阳。暂停征辔，聊共饮离觞。多少蓬莱旧侣，频回首，烟霭茫茫。孤村里，寒烟万点，流水绕红墙。

魂伤，当此际，轻分罗带，暗解香囊。谩赢得青楼，薄幸名狂。此去何时见也，襟袖上，空有余香。伤心处，高城望断，灯火已昏黄。

这么一改，虽然改掉了不少字，但与原词意境、风格无伤，丝毫未损原词的艺术成就，堪称大手笔，非才人不能为！

后来苏东坡读了琴操的改词，极为欣赏，马上去寻琴操。也是在西湖边上，东坡与琴操相见。他先试琴操才华，说：“我做长老，你试着来参禅。”琴操聪慧绝

伦，立刻明白东坡的意思，琴操问："何为湖中景？"东坡立即作答："秋水共长天一色，落霞与孤鹜齐飞。"琴操再问："何谓景中人？"东坡再答："裙拖六幅湘江水，鬓挽巫山一段云。"琴操接着问："何谓人中意？"东坡不慌不忙回复："随他杨学士，鳖杀鲍参军。"接着她切切追问苏东坡："如此，究竟如何？"苏东坡说："门前冷落车马稀，老大嫁作商人妇。"

琴操一时面色如纸。朝云说苏东坡"一肚子的不合时宜"真是一点没错，他本与她参禅，结果参着参着，竟然参出了这许多世态炎凉。琴操那样的女子貌美多才善歌舞，可是那又如何，她这样的身份，一朵名花有人采无人佩，到头来……到头来……想到苏东坡那句话，琴操全身冷得瑟瑟发抖。她凄然一笑，她已经知道了自己的归宿。

王世贞《艳异编》说琴操："言下大悟，遂削发为尼。"据说，她在玲珑山的一个小庵里潜心读经。公元 1934 年，林语堂、郁达夫等几个文人访玲珑山，翻遍《临安县志》却没找到关于琴操的只言片语，郁达夫恼了，当即口占一绝："山既玲珑水亦清，东坡曾此访云英。如何八卷临安志，不记琴操一段情？"

小知识

琴操，宋朝钱塘歌妓，姓氏不详，大约在公元 1074 年出生，13 岁时被抄家，做官的父亲被打入大牢，自己被籍没为妓！抄家时，她正在家中后院弹琴，那把心爱的琴也让人给毁了！"琴操"二字原出自蔡邕所撰的《琴操》一书，以琴操为名，可见琴操的才气也绝非一般。琴操虽说是妓，但冰清玉洁，卖艺不卖身，红极一时。

祭奠痴情女子的千古名词

拣尽寒枝不肯栖，寂寞沙洲冷。

宋神宗熙宁年间，苏轼因为跟宰相王安石政见相左，便上书朝廷要求出补外官。他看到地方的官员在执行新法时的扰民举动，心中非常不满。他把种种不满都用满腹才华诉诸于他的诗词之中，这种做法显然得罪了新党。新党对苏轼进行了无情的打击报复，说苏轼妄议朝政、诽谤朝廷。于是，苏轼被逮捕入狱。

新党中舒亶、李定等人不单单只想让苏轼下狱，而是要置苏轼于死地，这就拉开了历史上著名的"乌台诗案"的序幕。还好神宗并不想杀苏轼，最后释放了他，把他贬到黄州去了。

元丰五年十二月，苏轼寓居于黄州定慧院。黄州温都监的女儿超超姿容秀美，及笄之后仍然坚决不嫁人，非要等到心目中的良人出现。温都监对超超极为疼爱，不舍得强迫她，便也姑且等等看了。这个时候，才名远播又极富有人格魅力的苏轼降临到超超的面前，她深深觉得：这才是我的丈夫呀！

温都监家和苏轼的寓居之所相邻很近，超超每晚都偷偷跑到苏轼的窗外，仔细聆听苏轼吟咏诗文。这是超超一天里最幸福的时刻。她甚至想，如果苏轼始终不能接受她，那么，在她窗外听他念一辈子诗文也是幸福的。每当苏轼察觉窗外似乎有人，推开窗四下张望时，超超就慌忙跑掉或者远远躲开。

苏轼本有心帮超超物色一个可靠的士人做丈夫，可是当他向温都监提起此事时，才从温都监口中得知超超的心事。苏轼感叹不已，他认为自己并不适合年轻貌美的超超，也不想耽误了超超的终身大事，更加坚定了要做个月老的心思，帮超超寻到一个合适的读书人。只不过，这件事情还没有进行，苏轼便由于再次受到政治迫害，被贬到蛮荒的海南。他一心想成全的好事便这样被耽搁了下来。

很多年后，苏轼回到黄州，问及超超的近况方被告知，超超早就因为过度思念他而过世了，葬身在沙滩东侧。苏轼不禁黯然神伤：他没有为她做一件好事，她却因他早逝。在悲伤之中，苏轼写下一首绝妙好词，被黄庭坚盛赞“语意高妙，似非吃烟火食人语；非胸中有数万卷书，笔下无一点尘俗气，孰能至此”，这是一首《卜操作数》：

缺月挂疏桐，漏断人初静。时见幽人独往来，缥缈孤鸿影。
惊起却回头，有恨无人省。拣尽寒枝不肯栖，寂寞沙洲冷。

小知识

《能改斋漫录》卷十六以此词为王氏女子作，恐怕并非如此；而《野客丛书》卷二十四则以此词为温都监女儿作。又有以为此词仅是对朝廷酷兴文字狱摧残进步文化人之控诉，似亦可聊备一说，然其并无有力证据推翻《东坡词》中小序之所记者。

将乐观进行到底

回首向来萧瑟处，归去，也无风雨也无晴。

苏轼一生大起大落，贬官黄州的那段时间，可说是他政治生涯颇为失意的一段时间，但那段时间，同时也是他文学上大丰收的季节，他的几首旷古名词几乎都出自于这一时期，比如《临江仙·夜归临皋》、《念奴娇·赤壁怀古》，等等。

被贬以后，苏轼调整好心态，不自设障碍，一路行来，面对着眼前大好的河山，思考着内心深处的事情，畅谈着自己的人生感想，也颇为自在平静。初到黄州的两三年里，释教思想占据他思维的大部分，致使他退隐的心思越来越明显，他不仅在词里写“小舟从此逝，江海寄余生”，他给李之仪的回信里还写“与扁舟草履，放浪山水间，与樵渔杂处”。在这段时间里，他经常穿着布衣去游山玩水。有则小故事说苏轼偶然遇到了一个醉汉，这人醉眼昏花对苏轼推推打打，苏轼非但不生气，还因为没有被人认出来而窃喜不已。

在黄州的日子过到第三年，三月初七那天，苏轼去东南30里处的沙湖附近，想购买一处田产。本来天朗气清，谁知苏轼走到半路，天空中飘起了小雨，真是天有不测风云。苏轼没有带雨具，回家拿已经来不及，就这样继续走一定会淋成落汤鸡。看着路上的行人都被雨水淋得一身狼狈，苏轼想自己又何必在乎。他拄着竹杖，穿着草鞋，继续在雨里穿行而去。越走他越觉得轻松，淋雨也不是件为难的事情了，突然升起一种超然物外的情致来。

过不久，雨过天晴，竹林外传来清脆动听的鸟鸣，天空中浮现出一道绚丽的彩虹，空气里飘浮着泥土和绿竹的清香，苏轼觉得眼前明亮起来，这世界也忽然不可思议地干净了，到处都是清新欢乐的样子。他加紧步伐买完田产赶紧回家去，回想着那一路行来，偶逢阵雨到雨后新晴的经历，写下那首著名的《定风波》：

莫听穿林打叶声，何妨吟啸且徐行。竹杖芒鞋轻胜马，谁怕？一蓑烟雨任平生。

料峭春寒吹酒醒，微冷，山头斜照却相迎。回首向来萧瑟处，归去，也无风雨也无晴。

这首词拥有一种带人走出困境的豪情，处处都是希望的曙光、乐观的心境，尤其“一蓑烟雨任平生”一句，潇洒得让人拍案叫绝。词里的句子从一个侧面反映出苏轼仕宦之路的风雨和思考，又是以归去退隐为终结。

但是，谁敢不承认“也无风雨也无晴”亦是一种境界？这一条人生路，谁不是一边受伤一边长大？没有人能平坦地走到底，只有乐观才能够平静淡然面对。所以我们无论遭遇什么，都可以想想这首词，暂把乐观进行到底。

小知识

在苏轼的思想中，儒、释、道三家杂糅并存。苏轼对儒、释、道三家思想的基本态度，是广泛汲取，兼容并包。因而他的思想呈现出一种复杂而丰富的面貌，既充满矛盾，但经他消融调和之后，又构成一个和谐的统一体。这是苏轼思想的独特之处。

千古绝唱只因一时感慨

大江东去，浪淘尽，千古风流人物。

三国赤壁，可谓众所周知。赤壁位于湖北赤壁市西北的长江边。相传三国赤壁一战，惊天动地，那烧曹军战船的火光漫天扑去，映红了江边的一片岩壁，因此人们叫那岩壁为赤壁。但是人们常常误会的是，都以为此赤壁便是苏轼千古名篇前、后《赤壁赋》和《念奴娇·赤壁怀古》里的那个地方。其实不然，苏轼说的是另外一个地方，在黄州（今湖北黄冈县）西门外，山脚突入江中，石色如丹，状似人鼻，名赤鼻矶，也叫赤壁矶。

宋元丰五年，也就是苏轼被贬黄州的第三年，七月望日（每月十五或十六），苏轼与李生、潘生、郭生等人，趁着月色，在赤壁矶附近的长江中，看滔滔江水，有感而发，创作了《念奴娇·赤壁怀古》：

大江东去，浪淘尽，千古风流人物。故垒西边，人道是，三国周郎赤壁。乱石穿空，惊涛拍岸，卷起千堆雪。江山如画，一时多少豪杰。

遥想公瑾当年，小乔初嫁了，雄姿英发。羽扇纶巾，谈笑间，樯橹灰飞烟灭。故国神游，多情应笑我，早生华发。人生如梦，一樽还酹江月。

开篇就气势不凡，令人心绪一荡，顿时胸襟开阔起来。“人道是，三国周郎赤壁”，从这一句，可以看出，苏轼很清楚他眼前的这个赤壁矶跟三国时的那个赤壁是不一样的，这不是那个古战场。但是他满怀的感慨要借赤壁抒发，便也将错就错地说起赤壁之战以及三国时期那些风云人物。他先是面对滚滚东流的长江感叹千古英雄人物一去不返，接着描绘雪浪涛声等雄奇壮美的景色。这如画江山，曾有无数豪杰为它折腰，想那英俊少年周郎，雄辩滔滔，纵然面对强敌亦毫不怯懦，潇洒自若，谈笑间就让对手溃散败退。而今呢？多希望我也能这样建立不世功勋，可叹我为时已晚。最后，好一句"人生如梦"，悲壮苍凉之气越发浓重，不愧是千古绝唱。

东坡曾问他幕僚善讴："我词比柳词如何？"善讴答道："柳郎中词，只好十七、八女孩，执红牙拍板，唱'杨柳岸，晓风残月'；学士词须关西大汉，执铁板唱'大江东去'。"东坡听了这段话，为之绝倒。可见，东坡为豪放词派代表，而这首《念奴娇·赤壁怀古》是东坡词的代表。清代康熙年间，朝廷重修黄州赤壁，由于苏东坡"大江东去"广为流传，几近家喻户晓，这重修后的黄州赤壁竟被命名为"东坡赤壁"。

小知识

赤壁之战是指三国形成时期，孙权、刘备联军于汉献帝建安十三年（公元 208 年）在长江赤壁（今湖北赤壁西北）一带大胜曹操军队，奠定三国鼎立基础的著名战役。赤壁之战是历史上以少胜多的著名战例之一。

时隔十五年的唱和词

十五年间真梦里。何事？长庚对月独凄凉。

宋熙宗四年（公元1071年），苏轼通判杭州，3年以后身在济南的弟弟苏辙发出请求，苏轼便调任到离济南比较近的密州。他离开的时候是九月，沿途走亲访友，一诉离情。

苏轼虽然仕途不顺，但是身边汇集了许多有情有义、肝胆相照的知交好友。杨元素、陈令举、张子野（张先）等人一路跟着苏东坡同行，他们从杭州去往密州，以水路为主。这几人一边行船一边欣赏两岸山色，谈诗论文，好不热闹。

吴兴是这次旅行的必经之地，而吴兴郡守李公择正好是苏东坡多年不见的好朋友，自然一定要去拜访。吴兴风光明媚秀丽，值得一游，它有一座垂虹亭，在亭上可以尽览吴兴的湖光山色，李公择就把款待苏轼等一干好友的宴会地点选在了这座垂虹亭上，命人准备了特别丰盛的酒菜。

当时在座的名士有李公择、苏轼、刘孝叔、张子野、陈令举六人。这六个人都是当时或文采风流之辈，或仕途通达之人，毫不夸张地说，这次聚会就是一个群英荟萃的盛会。这日，秋高气爽，凉风习习，又有秀美风景举头可观，众人自然诗兴大发。张子野才名颇显，加上他85岁高龄的长者身份，其余五人对他十分敬重，推他赋词一首，于是，有著名的《定风波令·霅溪席上》：

西阁名臣奉诏行，南床吏部锦衣荣。中有瀛仙宾与主，相遇，平津选首更神清。

溪上玉楼同宴喜，欢醉，对堤杯叶惜秋英。尽道贤人聚吴分，试问，也应旁有老人星。

词写得欢快流畅，气氛热烈，把宴席间众人的意气风发表现得淋漓尽致。末尾他还幽默地说了那么一句：你们说这次欢聚是缘分，其实还不是托了我这个老寿星的福？众人也无不为这一句而绝倒，气氛更加高涨起来，大家重新斟满酒杯狂歌痛饮，大醉而归。

对于这次宴饮，在座的尽都是才子又是好友，苏轼怎么会没有留下只言片语呢？苏轼虽然当时没有写过什么，但是15年之后（那应该是公元1089年）的七月九日，他再次到杭州为官，再次经过吴兴，故人都已逝世，只苏轼一人还在世。吴兴的一切都没有变，当年的欢乐场景浮现在眼前，令苏轼深感物是人非。

此时苏轼有53岁，他的门客有张仲谋、曹子方、刘景文、张秉道、苏伯固五人，这五人在此与苏轼宴乐，苏轼抚今追昔，也作了一首《定风波》记下15年后的这次六人聚会：

月满苕溪照夜堂，五星一老斗光芒。十五年间真梦里，何事？长庚对月独凄凉。

绿鬓苍颜同一醉，还是，六人吟笑水云乡。宾主谈锋谁得似？看取，曹刘今对两苏张。

这首词跟15年前张先所作的遥相辉映，蕴含无尽人世沧桑。不过，前六客与后六客相比，前六客聚会才是真正的风流人物。据说，吴兴郡圃中至今尚保存着六客亭。

小知识

刘孝叔即刘述，湖州吴兴（今属浙江）人。熙宁（公元1068—1077年）初期任侍御史，弹劾王安石"轻易宪度"，出知江州，不久提举崇禧观。苏轼所谓"白简（弹劾官员的奏章）威犹凛，青山兴已多"（《刘孝叔会虎丘》）即指此事。

旧诗之上再创新词

青箬笠前明此事，绿蓑衣里度平生，斜风细雨小舟轻。

唐代诗人张志和有一首《渔歌子》十分脍炙人口：

西塞山前白鹭飞，桃花流水鳜鱼肥。

青箬笠，绿蓑衣，斜风细雨不须归。

这首诗用淡泊致远的风格，勾勒了一幅江南水乡的渔歌图，充满了清雅宁静的气息。而另一位唐代诗人顾况的《渔父词》亦是如此，词曰：

新妇矶边月明，女儿浦口潮平，沙头鹭宿鱼惊。

一次，苏东坡跟黄庭坚讨论这两个唐代诗人的作品，口径一致，赞赏有加。苏轼尤其欣赏张志和的《渔歌子》，他说："玄真（张志和）的诗风格清丽，可惜它的曲度已失传，无法得知这首词的曲调了。"黄庭坚说："这有什么！虽然它的原曲失传了，可是词不是还在吗？你在他的诗上加几个字，填成一首新词不就好了。"苏轼恍然道："这个办法好！"于是，他接着在张志和《渔歌子》的基础上作了一首《浣溪沙》：

西塞山前白鹭飞，散花洲外片帆微，桃花流水鳜鱼肥。

自庇一身青箬笠，相随到处绿蓑衣，斜风细雨不须归。

黄庭坚听了以后，拍手称绝，连说了好几个"好"字。而后又说："仔细推敲一下，你这首词还有一些不足啊！散花、桃花字有重复，况且一般渔船都不带帆呢！'片帆微'在这里就不妥了。"苏轼听了也不气恼，甚至表示极为赞同，请黄庭坚也在原诗的基础上作一首词来，黄庭坚便把张志和的《渔歌子》跟顾况的《渔父词》合在一起，也作了一首《浣溪沙》：

新妇矶边眉黛愁，女儿浦口眼波秋，惊鱼错认月沉钩。
青箬笠前无限事，绿蓑衣底一时休，斜风细雨转船头。

苏东坡评道："这词清新婉丽，实在不错，把那船头的钓者写得别有情致，而湖光山色代替女子玉肌雪貌更是妙到极点。只是这渔父才出新妇矶，便入女儿浦，是不是显得有些猛浪了？"黄庭坚对东坡的这一说法置之一笑，毫不在意。等黄庭坚到了晚年，又想起这件事、这首词，才觉得后悔，自己年轻时作词确实考虑不周，文意不严密。

北宋末年，洪州分宁人徐俯看到苏、黄两人关于《渔父词》的评论和所填的词，感慨万千，和了两首《浣溪沙》：

西塞山前白鹭飞，桃花流水鳜鱼肥，一波才动万波随。
黄帽岂如青箬笠，羊裘何似绿蓑衣，斜风细雨不须归。

又：

新妇矶边秋月明，女儿浦口晚潮平，沙头鹭宿戏鱼惊。
青箬笠前明此事，绿蓑衣里度平生，斜风细雨小舟轻。

借他人的句子写自己的诗词，这在古人作品中并不少见，如晏几道的"落花人独立，微雨燕双飞"，秦少游的"曲终不见人，江上数峰青"都是这样。而且这种完全融入其中无一丝生硬的做法，也实在是一种情趣。

小知识

黄庭坚（公元 1045—1105 年），字鲁直，自号山谷道人，晚号涪翁，又称豫章黄先生，洪州分宁（今江西修水）人。北宋诗人、词人、书法家，为盛极一时的江西诗派开山之祖。英宗治平四年（公元 1067 年）进士，历官叶县尉、北京国子监教授、校书郎、著作佐郎、秘书丞、涪州别驾、黔州安置等。

一首词写尽一生罪状

只因贪恋此荣华。便有如今事也。

北宋末年，有个大奸臣叫蔡京，这人在历史上声名狼藉，被世人称为“六贼”之首。

蔡京在熙宁三年进士及第，通俗点说就是中了状元，可见其才学确实是高。他中状元后，先被委派到地方上做官，之后又被任命为中书舍人，接着改任龙图阁待制、知开封府。

自从迈入仕途，蔡京凭借自己顺风使舵、趋炎附势的本事，一路不停往上爬。他曾经卖力地支持司马光变法，因而得到司马光的赏识，被举荐为户部尚书。在此之后，他又跟司马光的反对者达成协议，不择手段地想要搞垮司马光。他在临安的时候，还曾费尽心思讨好宦官头子童贯，童贯回京便在徽宗面前说尽了蔡京的好话，没过多久，徽宗就启用蔡京为宰相，这也拉开了蔡京跟童贯两人狼狈为奸、排挤元老、驱逐直臣的序幕。

蔡京当上宰相以后，便开始巧立名目搜刮民脂民膏，还为个人享乐，大兴土木，大肆挥霍钱财，导致百姓穷困潦倒。他又以暴力镇压湖南的瑶民，还挑动边乱。整个朝廷，蔡京、童贯两人只手遮天，把国家命运和人民生死玩弄于股掌之间，就连宋徽宗都被这两人哄得服服贴贴，任由他们胡作非为而从不约束。

崇宁五年，朝野对蔡京已经忍无可忍，怨声载道，群臣合力弹劾蔡京。宋徽宗一开始还能够维护他，后来越发力不从心，迫不得已罢了蔡京的相位。

不过，蔡京多年经营也不是那么容易让人连根拔起的，他的亲信大多手握实权，有这些人为他奔走卖命，没过多久，他就官复原职，还被加封为太师和鲁国公。这下群臣再无力弹劾他了。

以后数十年间，蔡京也经历过几次大起大落，总共四度被贬却又四度复相，简直充满了戏剧性。

钦宗即位，大臣们开始纷纷揭发蔡京、童贯两人罪状，这两人把持朝政多年，倒行逆施，也确实可恨。钦宗给了他们应有的惩罚，童贯被充军，半路上被人杀死；蔡京被发配到儋州。

这样的判决实在大快人心。蔡京以80岁高龄的年纪，开始颠沛流离，饱受艰辛，他在流放途中，所到之处，人人喊打痛骂，连街上的小吃铺子也不肯卖东西给他。蔡京一路行来的待遇使他老眼含泪，长叹道："我蔡京大失人心，竟到了这般地步！"到了儋州，他作了一首《西江月》：

八十一年住世，四千里外无家。如今流落向天涯。梦到瑶池阙下。

玉殿五回命相，彤庭几度宣麻。只因贪此恋荣华。便有如今事也。

这简直就是一封供状书，写尽他一生罪责。这词写完没多久，蔡京就困饿而死，还是他的几个门徒凑了点钱才埋了他。老百姓在民歌里唱："打破筒，泼了菜，便是人间好世界。"筒与菜，暗寓二姓童与蔡。

小知识

蔡京（公元1047—1126年），字符长，福建仙游人，熙宁进士，官至太郎，是历史有名的奸臣。精工书法，尤擅行书。《听琴图》是宋徽宗赵佶的画作，蔡京深得他的宠信，所以在他的绘画作品上多有蔡京的题记、题诗。但后世恶其为人，往往鄙薄其书法。

别在得意的时候说丧气话

拼一醉,而今乐事他年泪。

朱服年轻时仕途平顺,性格也颇为豪放疏朗。他为官之余,最爱舞文弄墨。若是离京外放,他每到一处,都要先去看看那里有什么美景名胜,趁游赏之时,写两三首好词,他才能心满意足。他的那些好友都知道他这一爱好,逢上酒席宴饮、赏游聚会,总会让他作诗词助兴。再加上朱服确实有才华,词采俊丽,在当世享有盛名。

某年暮春,朱服奉旨出京到江南一带巡查走访。他一边欣赏美景,一边在客舍自斟自饮。那时恰逢江南好春光,那柔媚秀雅的水乡,彻底征服了朱服。他看到窗外微风细雨轻飘,吹打在杨柳上,好似升起一缕缕青烟绿雾,顿有所感,在客舍里写下一首《渔家傲》:

小雨纤纤风细细,万家杨柳青烟里。恋树湿花飞不起。愁无比,和春付与东流水。

九十光阴能有几?金龟解尽留无计。寄语东城沽酒市。拼一醉,而今乐事他年泪。

最后一句“而今乐事他年泪”,是朱服特别钟情的一句。这一句寓意颇深,近日暂时尽欢,他日追思忧愁,又次年念及他年,非常耐人寻味。朱服每每再赴宴,趁着醉意总向人追问:“你看过我写的‘而今乐事他年泪’吗?”不过,朱服门下一个随从却特别不喜欢这一句,总觉得这句词里包含着一种他年流落的预兆,然他见朱服到处炫耀，也不敢多言。

到了徽宗崇宁元年，朱服被调往广州做官，他照例先四处游览赏玩。这日，他带着随从游赏蒲涧，有游人摘下凤尾花簪在发髻，煞是好看，朱服动情作了一首诗，里面有那么两句：

孤臣正泣龙须草，游子空簪凤尾花。

这两句本没什么问题，可是奈何逃不过有心人算计。朝廷监司一向不喜朱服，尤其讨厌他逢人便夸耀自己那两句词，认为他狂傲自负。现在听到这两句诗，监司大人乐坏了，终于找到整治朱服的机会了。他到皇帝面前弹劾朱服说："万岁圣明！现在天下承平，四海安宁，处处都是祥瑞之兆，他朱服怎么能说'孤臣正泣'呢？"结果朱服为此获罪，被贬至袁州、蕲州，死在任上。

所以，千万别在得意的时候说丧气话，更别在得意的时候太高调。

小知识

朱服(公元 1048—?)，字行中，湖州乌程(今浙江吴兴)人。熙宁六年(公元 1073 年)进士。累官国子司业、起居舍人，以直龙图阁知润州，徙泉州、婺州等地。哲宗朝，历官中书舍人、礼部侍郎。徽宗时，任集贤殿修撰，后知广州，黜知泉州，再贬蕲州安置。《全宋词》存其词一首，格调凄苍。

轻信流言,毁了真情

一句难忘处,怎忍辜、耳边轻咒。
任人攀折,可怜又学,章台杨柳。。

秦观无疑是宋朝最优秀的词人之一。他的名气可不是独独流芳后世的,在他生活的那个时代,他就已经是个极具才名、广为盛传的人物。

才子大多风流,况且秦观这样的才子应酬不断,理所当然常常出入歌舞场。有一次,秦观跟朋友在江南偶遇。旧友巧遇实在是人生乐事,两人谈兴极浓,眼看聊到天色暗去,这位朋友便将秦观请到酒楼,又招来一个歌女相陪助兴。

敏感又有才华的男人特别容易发生一见钟情的事——这位歌女一出现,秦观就被吸引了。她和他见过的那些歌女舞女都不一样,生得艳而不俗,娇而不媚,打扮得也如同闺阁娘子一般清雅,一举一动、一颦一笑全无矫揉造作之态。秦观想,这样脱俗的女子便是名门闺秀里也不多见的。在与朋友饮酒谈笑之间,他的目光总不自觉地绕着这个歌女打转,朋友察觉,有心做月老,频频让歌女给秦观斟酒,还屡屡让她唱秦观的词。

此后,秦观跟这个歌女之间自然来往频繁。秦观年少,多才又多情,歌女娇柔妩媚、善解人意,两人感情越来越深,竟然难舍难分了。正当此时,秦观有急事要离开，他指天盟誓约定早日归来，歌女说："你走后，我关紧门窗等你，绝不与他人来往。"然后剪下自己一绺秀发，小心翼翼用绣帕包好，交给秦观。

这是很重很重的情意了，那个时候，讲究身体肤发是父母恩赐，不可半分损伤，秀发是女子身体的一部分，何其宝贵珍重，拿来当做信物，暗含着"善藏青丝，早结白头"的旖旎企盼。

秦观外地滞留很久没有回来，他心中无时不惦念歌女，此时遇到从江南来的一位熟人，便急忙打探歌女近况。那熟人并不知秦观与歌女的关系，信口胡说道："那种美艳的女子，怎耐得住寂寞，怕正跟哪个达官贵人打得火热呢！"秦观信以为真，悲愤难平，写了一首《青门饮》寄给歌女：

风起云间，雁横天末，严城画角，梅花三奏。塞草西风，冻云笼月，窗外晓寒轻透。人去香犹在，孤衾长闲余绣。恨与宵长，一夜熏炉，添尽香兽。

前事空劳回首。虽梦断春归，相思依旧。湘瑟声沉，庾梅信断，谁念画眉人瘦。一句难忘处，怎忍辜、耳边轻咒。任人攀折，可怜又学，章台杨柳。

歌女看罢，浑身冷透，特别是"任人攀折"四个字，她心痛得快死掉。好！好！秦观，你好啊！我这边心急如焚苦苦等你，你那边不明缘由骂我水性杨花，你什么意思？歌女流着眼泪捏着秦观的信一路跑进尼姑庵，削发为尼，从此常伴青灯古佛。这消息传到秦观那里，他扼腕顿足，无限悔恨。

真情总是被误会辜负，大家似乎都无辜，又似乎都做错了。不论如何，这也是爱。

小知识

秦观（公元1049—1100年），字少游，一字太虚，号淮海居士，别号邗沟居士；他与黄庭坚、张耒、晁补之合称"苏门四学士"。扬州高邮人，北宋文学家、词人。

感同身受的和词

春去也，飞红万点愁如海。

秦观是“苏门四学士”中跟苏轼关系最密切的一个。他36岁时经苏轼推荐考取进士，接着又被苏轼等以“贤良方正”的美誉推荐给朝廷。只可惜受奸人阻拦，秦观一直未能上任。后来他参加了应制科考试，得以封官，再迁国史院编修。别看他是个京官，其实他生活清贫，经常缺衣少食。

到公元1093年，宋哲宗当政。哲宗注重推行新法，重用新党，旧党遭到打击排斥，自然包括苏轼、黄庭坚等，秦观也被牵连。他先是被贬到杭州，接着到处州，然后是郴州、横州，最后到了雷州。

这一连串的打击，使得秦观的心境越发凄凉。他被贬途中路经衡阳，衡阳太守孔平仲是他好友，便邀请秦观住一段时间。这段时间，孔平仲对秦观殷勤招待，无微不至。一日两人对坐饮酒，秦观那抑郁的心情还未能排遣，作了一首《千秋岁》：

水边沙外，城郭春寒退。花影乱，莺声碎。飘零疏酒盏，离别宽衣带。人不见，碧云暮合空相对。

忆昔西池会，鹓鹭同飞盖。携手处，今谁在？日边清梦断，镜里朱颜改。春去也，飞红万点愁如海。

词中悲意浓重:水边沙外,春寒悄然退去,而这城内却春意犹在。花儿随着风摆动,黄莺声声萦绕在人耳边。自己身世飘零,酒兴都散了。想从前跟友人共游开封,多么欢乐,如今还有谁在?你看春都消逝了,我的愁苦却像海一般无边无际呢!

孔平仲读了大惊,他连忙对秦观说:"少游你正值壮年,言语怎这般悲怆?"接着他按照秦观这首词的原韵,和了一首《千秋岁》,试图排解秦观的愁绪:

春风湖外,红杏花初退。孤馆静,愁肠碎。泪余痕在枕,别久香销带。新睡起,小园戏蝶飞成对。

惆怅人谁会。随处聊倾盖。情暂遣,心何在。锦书消息断,玉漏花阴改。迟日暮,仙山杳杳空云海。

其实孔平仲这词也没离了伤春、谪居、愁苦的基调,他说换上春风拂面、红杏花落英初坠。孤独的客舍静悄悄的没有一丝声响,令人愁肠百结欲碎。枕上留有谪人泪,离家日久,衣带上的香味都消失了。

下阕尽写排遣不得的愁情,而消息阻断,时光流逝,多么让人心焦。本来孔平仲是想抚慰秦观的,没想到那悲凄愁绪也是会传染的,他这一词却是与秦观同唱那谪人愁苦了。

几天过去,秦观告辞远行。孔平仲依依难舍,送了一程又一程,直到城郊。他心情低落地回到家,对家人说:"少游精神颓唐,心境哀愁,怕是……"竟然伤心得说不下去。而没过多久,秦观从被贬之处北归途中去世。

小知识

孔平仲,北宋诗人,字义甫,一作毅父,新喻(江西省新余市)人。孔子四十七代孙,属于"临江派"。生卒年不详。治平二年(公元1065年)进士,授分宁主簿。熙宁三年(公元1070年),任密州教授,曾任秘书丞、集贤校理,又提点江浙铸钱、京西刑狱。3年后充任秘书阁校理、朝奉大夫。绍圣年间贬为惠州别驾,流放英州。元符三年(公元1100年)七月,授朝奉大夫。孔平仲长于史学,工文词,富于词藻,著有《续世说》、《孔氏谈苑》、《珩璜新论》、《释稗》等。兄弟孔文仲、孔武仲皆有文名。

才思敏捷的“贺梅子”

一川烟草，满城飞絮，梅子黄时雨。

北宋时候有个著名词人叫贺铸，人称“贺梅子”，这个绰号来自于他一首著名的词。当时贺铸住在苏州，确切地址是苏州盘门南 10 多里处的横塘，那里桥亭相连，溪水清幽。离那儿不远的地方还有一个湖，湖水清澈，阳光洒落其上，波光粼粼的样子煞是好看。贺铸太喜欢这个地方了，经常在此赏景唱词，流连忘返。他那首名词《青玉案》就诞生于此，词曰：

凌波不过横塘路，但目送、芳尘去。锦瑟华年谁与度？月桥花院，琐窗朱户，只有春知处。

飞云冉冉蘅皋暮，彩笔新题断肠句。若问闲情都几许？一川烟草，满城风絮，梅子黄时雨！

贺铸想表达梅雨时节独自幽居的几多闲愁。那一位美人“凌波微步，罗袜生尘”，她路过横塘却没有留下，连她步子后面卷起的芳尘都消散了，他怅然若失。如此锦绣华年，不知道哪一座桥、哪一个院、哪一扇窗是我应该待的地方。这愁绪到底有多少？恰如我看见的满地的青草、满城的飞絮、漫天的细雨。

这首词一出，便广泛流传开来。尤其是“梅子黄时雨”这一句，备受时人喜爱，这也就是“贺梅子”之称的来历了。关于这个“贺梅子”还有个小故事。

贺铸这个人，才华自不待言，可是他貌丑。陆游在《老学庵笔记》里记录：“方回状貌奇丑，长身耸目，面色铁青，人称贺鬼头。”贺铸晚年的时候也是居住在苏州，那时他跟郭功父个性相投，经常在一起谈诗论酒，渐渐交往甚密。

有一次，他们照例相约把酒言欢，两人谈兴正浓，郭功父生性诙谐，贺铸说话的时候，他抬头看见贺铸头发稀疏，几乎不能盖住头顶。郭功父心生一念，他指着贺铸的头发笑说：“你这可真是‘贺梅子’啊！”贺铸听了，意识到自己被调侃了，也不气恼，还反唇道：“我要是‘贺梅子’，那你就是‘郭训狐’。”郭功父一时哑口无言。

原来，郭功父写过一首诗《示耿天骘》，这首诗王安石特别喜欢，在后面作了两句批注：“庙前古木藏训狐，豪气英风亦何有。”而郭功父恰好长了一脸络腮胡子，这下正中要害，以其人之道还治其人之身。好一个才思敏捷的“贺梅子”！

小知识

贺铸（公元1052—1125年），北宋词人，字方回，号庆湖遗老，卫州（今河南卫辉）人。宋太祖贺皇后族孙，所娶亦宗室之女。自称远祖本居山阴，是唐贺知章后裔，以知章居庆湖（即镜湖），故自号庆湖遗老。

丑人也不是可以随便取笑的

无端良匠画形容，当风轻借力，一举入高空。

侯蒙从小就怀有远大的志向，要有所作为建功立业，他明白要实现这理想十分艰辛，因此，读书非常用功，刻苦勤勉不倦。然而他几次赴京考试都名落孙山，前几次还能坚定地告诉自己不气馁要坚持，可是越到后来他越感到无力，心情郁闷至极。直到他 31 岁那一年，有个朋友再三向朝廷推荐他，再加上侯蒙的文章确实写得很好，才被录用为乡贡。

侯蒙性格坚毅，苦学成才，为人自不必说，但是他的长相就让人不敢恭维了，至于长得有多丑却无史料记载，想来至多也就跟温庭筠一个水平吧！许多人就因这一点对他很不尊敬。当时有些纨绔子弟拿他的相貌取笑，那嘲讽的言语难听至极。侯蒙向来不予理睬，我行我素。那些轻薄子弟对他的反应非常不满意，就想了更令人难堪的办法嘲讽侯蒙。他们把侯蒙的相貌画到风筝上去，然后引线放上天空，吸引大家都来看，一起耻笑侯蒙。谁知道侯蒙看到此情形一点也没生气，反而哈哈大笑，事后还在风筝上题了一首《临江仙》：

未遇行藏谁肯信，如今方表名踪。无端良匠画形容，当风轻借力，一举入高空。

才得吹嘘身渐稳，只疑远赴蟾宫。雨余时候夕阳红，几人平地上，看我碧霄中。

只有怀着丑陋心思的人，看见的才都是丑陋，而心态健康阳光的人，可以轻易化解生活中的耻辱和尴尬，比如侯蒙。他跟这些轻狂纨绔的视线从来不在同一个落点上，他看得更远，也更坚定，他相信自己日后必定能蟾宫折桂、金榜题名，所以当人家这般捉弄他，他坚信着“当风轻借力，一举入高空”，他看到的是升入“碧霄中”这个展望，更像是他对自己未来的预言。

侯蒙在这件事发生的一年之后，果然一举登第——这是他努力多年的回报，也是他对那些嘲笑的反击，看似偶然，实则必然。之后，侯蒙步步高升，宋徽宗在位时，他还升任了户部尚书兼枢密使，当真是“入高空”、“碧霄中”了。

小知识

侯蒙（公元1054—1121年），字符功，密州高密（今属山东）人。进士及第，调宝鸡尉，知柏乡县，徙襄邑。擢监察御史，进殿中侍御史。崇宁间上疏论十事，迁侍御史，改户部尚书。大观四年，除同知枢密院事（《宋宰辅编年录》卷一二），进尚书左丞。政和六年，为中书侍郎。次年十月，罢知亳州，徙知东平府，未赴而卒，年68，谥文穆。

男人爱慕才情，女人宽容真情

寻好梦，梦难成。况谁知我此时情？

邓丽君有首歌，叫《有谁知我此时情》，最初听时立刻被歌曲打动了。黄霑谱的曲子堪称一流，妙丽凄清难以言诉，那个时候我还不知道词是谁写的，只是从心底敬佩那词作者，“寻好梦，梦难成。有谁知我此时情？”

好梦难成，简单而深刻的句子，像一粒沙，突然揉进心窝里最柔最软之处，硌得生疼。再后来我知道了，词作者是聂胜琼，宋代京都开封名妓。而这词是她写给李之问的。

当时李之问回京师开封等待皇帝重新任命，这期间，他与开封名妓聂胜琼一见钟情。所有一见钟情的故事开头都是一样的，有情人如火如荼、如胶似漆爱得分不开。然而任命状下来了，李之问再怎么不舍再怎么难过也要离京。聂胜琼在莲花楼为李之问饯行，席间她依依地唱：“无法留君住，奈何无计随君去！”

这于李之问来说，可能是一段无可奈何的露水姻缘，接近以后就电，喜欢以后就追，现实所迫就飞，顺时顺势，清醒明白。聂胜琼不是那样纯粹的欢场女子，她有才情，有思想，她细腻敏感，多情聪颖，她把想念写成一首《鹧鸪天》寄给李之问：

玉惨花愁出凤城。莲花楼下柳青青。尊前一唱《阳关》后，别个人人第五程。

寻好梦，梦难成。况谁知我此时情。枕前泪共帘前雨，隔个窗儿滴到明。

李之问握着这封只有一首词的书信无言以诉。天涯一角，他的红颜跟他说“好梦难成”，跟他说“谁知我此时情”，跟他说“枕前泪共帘前雨，隔个窗儿滴到明”。他感动了，可是这点感动不至于让他做傻事。他的妻子婆家势大，有财有权，他怎敢为了一个聂胜琼去得罪？于是这首词被他藏在箱子底下。

不要小看女人，丈夫精神恍惚做妻子的怎能不知道，她只是故作不知。后来，李之问的妻子发现了丈夫藏起来的书信——男人有秘密千万别藏在家里，这世上所有的妻子都很了解家里的每一个角落——这首词写得真好，连她看了都感动。

李之问回来的时候，看到妻子拿着这封信端庄地坐在厅堂等他，他没等她问，便清清楚楚地交代了。他等着她跟他闹，没想到妻子温婉一笑，对他说：“我为你准备好了银子，你去赎她出来，娶做妾室吧！”

聂胜琼来到李家，对李之问之妻满怀感恩，她谨守着一个妾室的礼数不敢丝毫逾矩，李家上下和睦，李之问尽享齐人之福。故事到此圆满了。然而这只是属于李之问个人的圆满，对于两个女人来讲，有什么圆满呢？李之问之妻很聪明，既然她的男人不可能只守着她一个人过一辈子，那何妨找个有真情、有才情、出身低、丈夫喜欢又没喜欢到敢为她拼却前程的女子来。

这是一段男人爱慕才情、女人宽容真情的故事，一段佳话。

臣子永远争不过君上

欲知日日依栏愁，但问取亭前柳。

词本来就是写给歌女唱的艳曲。倘若一个词人，又精通音律，那他想不风流都难了。周邦彦就是这样一个精通音律的词人。

初见李师师，周邦彦已经60多岁了，但仍不减风流，为李师师的绝色和才情倾倒，填了一首《玉兰儿》赞她：

铅华淡伫新妆束，好风韵，天然异俗。彼此知名，虽然初见，情分先熟。炉烟淡淡云屏曲，睡半醒，生香透玉。赖得相逢，若还虚度、生世不足。

李师师确实是个当世仅见的美人，还是个极具才华的美人。据《宣和遗事》记载，她原是汴京染局匠王寅的女儿，尚在襁褓时母亲去世，父亲用豆浆养活她。王寅疼女儿，就想按照风俗，让女儿舍身宝光寺，女儿一路啼哭不止，到了寺庙，有僧人抚摸了她的头顶，她却忽然不哭了。王寅暗想女儿果然与佛有缘，便唤她叫师师，因为俚俗称佛弟子为师。师师4岁时，王寅犯事死于牢中，隶籍娼产的李姥收养了她，师师便改姓了李，跟着入了勾栏娼籍。随着年龄增长，李师师的美貌逐渐显露出来，歌喉也是一等的好，朱敦儒有诗为证："解唱《阳关》别调声，前朝唯有李夫人。"

这样色艺绝伦的女子，藏都藏不住，更何况她本来就是风月场里的名媛。而自古美人爱才子，纵然她此时面对的是已经年逾花甲的垂垂老者，就像芳华正盛的柳如是选择了80多岁的钱谦益一样，李师师也立刻钟情于周邦彦。两人交往日渐频繁，李师师甚至想嫁给这位相知相惜的才子。如果没有宋徽宗，也许李师师这个愿望能够实现。

宋徽宗的确不是个好皇帝，好端端的北宋王朝在他手里葬送了。但如果他不做皇帝，纯然做个才子，凭着他诗、词、书、画、音乐尽皆精通的才华，想必也是一个风流人物。政和六年元宵佳节，在宋徽宗过腻了宫中日子的时候，他手下两个极善逢迎的大臣王黼和蔡攸看出了他的心思，建议他穿上平民百姓的衣服，到街市上去逛一逛，于是宋徽宗"微行始出"，"妓馆、酒肆亦皆游焉"。这一游，让他遇见了李师师。从此，他便经常带着内侍，乘着轿子出宫与李师师相会。

宋徽宗对李师师的钟爱于周邦彦来讲，无疑是一场灾难。他只能等到徽宗回皇宫的时候，才能与李师师互诉衷情了。一个冬夜，周邦彦刚到李师师家中，徽宗便携着一枚江南上贡的新橙不期而至。周邦彦作为臣子，自然要让着皇帝。慌乱之间，退无可退，躲无可躲，只好钻进了李师师的床下。徽宗与李师师在屋里打情骂俏，周邦彦听得一清二楚。徽宗走后，他立即写下一首《少年游》：

并刀如水，吴盐胜雪，纤手破新橙。锦幄初温，兽烟不断，相对坐调笙。

低声问：向谁行宿？城上已三更。马滑霜浓，不如休去，直是少人行。

李师师下次见到徽宗，便把这首《少年游》唱给徽宗听。徽宗一听这赫然是他们上次幽会之事，怒问是谁所作？李师师答是周邦彦。帝王的隐私让一个臣子作词取笑，颜面受损，更让人无法忍受的是，自己的禁脔，却要与臣下分尝。接着，理所当然地，周邦彦被罢官，贬出京城。

再后来，徽宗来找李师师，等了许久，李师师才红肿着眼睛回来，问她做什么去了，她说去送送周邦彦。徽宗又问，周邦彦可填了新词？李师师答，他新填了《兰陵王·柳阴直》，然后她取过琴来弹奏，将这首词唱给皇帝听。不知道徽宗是因为良心发现，还是为了讨好李师师，或者是欣赏周邦彦的才华，总之他改了主意，召周邦彦回来，并且让他担任大晟乐府的乐正。

自此，周邦彦再想亲近李师师便难了，即便没名没分，甚至仍是名妓身份，李师师也不是他可以觊觎的了，往日那种尽情言欢的日子，将一去不返，苦闷之际，他写下了《洛阳春》：

眉共春山争秀，可怜长皱。莫将清泪湿花枝，恐花也如人瘦。

清润玉箫闲久，知音稀有。欲知日日依栏愁，但问取亭前柳。

皇帝夺了臣子的美人，臣子只能藏匿，只能隐忍。更关键的是，这个美人好坚强，她可以忍受，能够平衡，并且自得其乐。

小知识

李师师，北宋末年色艺双绝的名妓，其事迹多见于野史、笔记小说。据传曾深受宋徽宗喜爱，并受宋朝著名词人周邦彦的垂青，更传说曾与《水浒传》中的宋江有染，由此可见，其事迹颇具传奇色彩，也间接证明了李师师的才情容貌非常人能及。北宋亡后，李师师的下落成了千古之谜。

记取一生的辜负

自是荷花开较晚，孤负东风。

宋徽宗时有个才女叫幼卿。幼卿自幼聪慧，能过目不忘，深得父母亲朋喜爱。这样的女儿不读书实在可惜，她的父母也不是特别古板的人，又恰逢表兄家请了私塾先生，幼卿便被父母送去与表兄一同读书。

幼卿自从与表兄同窗学习，如鱼得水，每天都过得充实快乐。她尤其喜欢作诗填词，与表兄常常进行诗词唱和。

不用说，这又是一个青梅竹马、日久生情的故事。幼卿还没到 15 岁及笄，表兄便请父母向幼卿的父母提出缔结姻缘的请求。本以为是亲上加亲的好事，焉有不成之理？

只是没想到天不遂人愿，幼卿的父母可从没想过将女儿嫁给一个没有功名的小子，他们又好面子，不好意思直言诉说自己的想法，便推说女儿早已订亲，然后匆匆把女儿嫁给一个职务很低的武官。幼卿心里自然是喜欢表哥的，但此时她纵有千百个不乐意，也拗不过父母之命。

第二年，表兄参加科考中了甲科，到洮房任职。而幼卿的丈夫则在陇右统兵。幼卿和表哥在陕府不期而遇！我们能想象那个简单的时刻是怎样惊心动魄。

幼卿轻轻撩开花轿纱帘，看到表哥策马统兵，身姿健美，动作潇洒，脸庞映着坚毅和严肃——他曾经是她对丈夫所有的渴望与梦想，她说不清楚她有多想念他。

可是他们没有那种命运，这就是人生，像蓬草一样不知道飘零去何方，反正不是自己想要去的那个方向。她想跟他相对而坐互诉冷暖，他是不是误会她了？他这一年过得可好？她始终没有冲动跑过去，她不敢，也不能。

表哥好似没有看见幼卿，只是在经过她的花轿时狠狠给了身下的花骢马一鞭子，急急地掠过，远去。他没想到还能再见幼卿，她真漂亮，和一年前一样漂亮。

他其实很想停下来仔仔细细地看看她，他又做不到。当他凝视那张魂牵梦萦的容颜，就恨不得把她揉进自己怀里。他只好匆匆离开，掩饰他的痛苦和绝望。

这份感情是他们终身难忘的一道暗伤，他们两小无猜、亲密无间地长大，他们互相了解对方的每件小事。他小时候还扯过她的辫子呢！她气不过，涂坏了他的字帖。他们一起被先生罚过抄诗。他不乖犯错，父亲打他板子的时候她哭得快断气。她绣的第一个像鸭子的鸳鸯帕子他还收着……

爱别离，求不得，这实在太悲伤。幼卿为此写了一首《浪淘沙》：

目送楚云空，前事无踪。漫留遗恨锁眉峰。自是荷花开较晚，孤负东风。
客馆叹飘蓬，聚散匆匆。扬鞭那忍骤花骢。望断斜阳人不见，满袖啼红。

为讨君欢写出的词坛佳句

郎意浓，妾意浓，油壁车轻郎马骢，相逢九里松。

世称“梅妻鹤子”的隐士林逋林和靖，曾经写过一首非常感人的《长相思》：

吴山青，越山青，两岸青山相送迎。谁知离别情？
君泪盈，妾泪盈，罗带同心结未成。江边潮已平。

这词写得的确情深意切、低回婉转、意境至美，后人推崇备至，奉为词中佳品。

有一次，宋高宗读到这首词，非常喜爱，赞不绝口，并且感叹：“此词不可再得矣！”康与之作为御前文人，听到皇帝这句话，心里很不是滋味。他本就是为皇帝服务的文人，皇上这样说岂不是显得他无能，再加上他也确实存了讨好皇帝的心思，于是回到家直奔书房，模仿林和靖这首词的风格，一连赶出来99首。然后他请友人过来，仔细品评这99首词，从中挑出一首最好的。次日康与之把这首九十九挑一的词呈现给高宗，高宗读完，觉得这首词亦不同凡响，夸赞赏赐了康与之一番。

康与之这首词是《长相思·游西湖》：

南高峰，北高峰，一片湖光烟霭中。春来愁杀侬！
郎意浓，妾意浓，油壁车轻郎马骢，相逢九里松。

南北高峰是西湖诸峰中两个最高的。南高峰号称1 600丈，峰上有一塔，塔下有小龙井。北高峰在南高峰的西北方向，两峰遥遥相望，唐代天宝年间峰顶曾建有七层浮屠。康与之这词用南北高峰起句，说烟雾朦胧的美丽的西子湖畔，打动了少女的心。佳人乘着油壁香车，少年郎骑着青骢骏马，于九里松道上相会。多美好！

这词里还含着一则动人的小故事。据说，六朝南齐钱塘名妓苏小小，常常乘着油壁车到西湖游玩。有一天，她在西湖畔遇到少年郎君阮郁，他骑着青骢马从断桥上缓缓走过来。那一刻苏小小的眼里只有他，而阮郁自看见苏小小起，眼里再也没别人，就这样他们一见钟情了。然后，苏小小吟了一首诗："妾乘油壁车，郎骑青骢马，何处结同心？西泠松柏下。"她约他到西泠桥畔松柏苍翠之处来，那时他们就结为夫妇，永不分离。

康与之"郎意浓，妾意浓，油壁车轻郎马骢，相逢九里松"说的就是这个故事。康与之这人虽然品德不怎么样，但是文采确实出众。这首词写得情理韵雅，似天籁一般，确可与林和靖那首《长相思》媲美。

小知识

康与之，字伯可，一字叔闻，号退轩，滑州（今属河南）人，南渡后居嘉禾（今浙江嘉兴）。高宗建炎初（公元 1127 年）上"中兴十策"不为用。后依附秦桧，为秦门下十客之一，被擢为台郎。秦桧死后，编管钦州，复送新州牢城。其词多应制之作，不免歪曲现实，粉饰太平。但音律严整，讲求措词。代表作有《卜操作数》、《玉楼春令》、《长相思》、《金菊对芙蓉》、《风流子》、《减字木兰花》、《满江红》、《忆秦娥》、《昨梦录》等。著有《顺庵乐府》五卷，不传；今有赵万里辑本。

人不可貌相，才不以衣裳

想得九天高绝处，不比人间更火。

宋朝龙溪这地方，有个叫游子西的书生，家中非常贫穷。不过子西自幼好学不倦，对词文极为精通，正是其貌不扬却心有翰墨的典范。

一天傍晚，雨过天晴，空气清新，子西深深吸口气，顿觉神清气爽，便决定到一家酒楼喝一盅酒。酒楼里美酒佳肴飘香四溢，一群衣冠楚楚的少年在饮酒笑闹，把整个酒楼的气氛都哄了起来。子西悄悄地在他们旁边桌子坐下来，点了酒和小菜，静静自斟自饮。

不多会儿，那些少年停止喧哗，开始用筷子敲打着盘子高歌起来。子西看着他们个个一脸傲慢、故作风雅的样子，觉得十分好笑。

那群少年唱到高潮处，一时兴起，纷纷起身在墙上题词，并且高声吟诵，好似就是要全酒楼的人都听到。他们那种自我欣赏、自我膨胀、自命不凡、目中无人的样子，实在令游子西忍无可忍，这群少年根本是“为赋新词强说愁”，不知天高地厚，实在该受点儿教训！

游子西想到就做，他站起来走到那群少年面前说：“在下游子西，才疏学浅，但今天也想在此赋词一首，与各位切磋一下。”

少年们见游子西穿着一身洗得发白还带着补丁的便服，又长得貌不出众，一副穷酸讨人嫌的样子，哄堂大笑，讥讽他说：“就你这样的也会写词?！别开玩笑了！”接着有人帮腔道：“看你这模样也就能写首打油诗吧！”

子西也不恼，借来笔墨，在墙壁的空隙处，飞快地写了一首《念奴娇》：

暑尘收尽，快晚来急雨，一番初过。是处凉飙回爽气，直把残云吹破。星律飞流，银河摇荡，只恐冰轮堕。云梯稳上，琼楼今夜无锁。

便觉浮世卑沉，回翔偃薄，似蚁空旋磨。想得九天高绝处，不比人间更火。独立乾坤，浩歌春雪，可惜无人和。广寒宫里，有谁潇洒如我。

这词说：一场急雨赶走暑天灰尘，一场凉风吹散夏日残云，天空清碧，真怕那轮月亮坠下来。顺着云梯可以登天，只因今夜琼楼没有上锁。若能到得琼楼高处，人间芸芸众生必定十分卑渺，就像蚂蚁转着一盘空磨。可是九天高妙绝境，怎比人间烟火。独立天地之间，春、夏、秋、冬都可以高歌，可惜无人应和。广寒宫里，谁能如我这般洒脱。

这一首《念奴娇》词意清高，构思巧妙，寓意深远，尽表游子西才华满怀、曲高和寡的感慨。那群少年读罢这词，对游子西的态度大变，且纷纷自惭形秽。但看游子西转身回去继续饮酒，全然没有取笑他们的意思，也无盛气凌人之态，更觉得自己浅薄不堪，不能跟游子西相提并论，于是他们一个个悄然离开了酒楼。

古人早说过：人不可貌相。这个故事也告诉我们：才不以衣裳。可惜这样最浅显的道理却总令人栽跟头、犯错误。

小知识

故事选自《诗人玉屑》。《诗人玉屑》是一本诗话集，南宋魏庆之著，成于理宗淳祐年间。它评论的对象，上自《诗经》、《楚辞》，下迄南宋诸家。1至11卷论诗艺、体裁、格律及表现方法，12卷以后，评论两汉以下的具体作家和作品。

魏庆之，字醇甫，号菊庄，南宋建安（今福建建瓯）人，有才名而无意仕进，种菊千丛，常与诗人逸士在菊园中吟诵。有人曾赋诗赞誉他说：“种菊幽探计何早，想应苦吟被花恼。”

梦到一首充满启示的词

任流光过却，尤喜洞天自乐。

宋徽宗宣和二年，周邦彦被任命为提举南京鸿庆宫，从杭州迁居到睦州。到了睦州没多久，一天晚上，周邦彦睡觉时梦到一首《瑞鹤仙》，醒来他竟然记得全文，只不过他一点儿也不理解这首词的意思。这首词是：

悄郊原带郭。行路永，客去车尘漠漠。斜阳映山落，敛余红犹恋，孤城阑角。凌波步弱，过短亭、何用素约。有流莺劝我，重解绣鞍，缓引春酌。

不记归时早暮，上马谁扶，醒眠朱阁。惊飙动幕，扶残醉，绕红药。叹西园已是花深无地，东风何事又恶？任流光过却，犹喜洞天自乐。

从字面上看，这应该是一首回忆送客经过的词。送客过后，回城时天已黄昏，认识的歌妓纷纷来劝，让他下马小酌，以至酣醉入睡。醒来后赏花，又惹惜春之思，感慨东风无情，光阴易逝。只不过后来发生的一些事情，竟一一证明这词简直就是个预言。

这年年末，方腊在睦州清溪起义。周邦彦得到消息便立即动身，想去杭州旧居躲避一下。谁料路上满眼都是义军，这一程比周邦彦预料的要困难得多，几次他险些丧生。最后他死里逃生终于来到杭州，才过钱塘门，只见杭州也是一团乱，百姓仓仓皇皇东奔西窜。那红日半挂在鼓角楼檐前，正是“斜阳映山落，敛余红犹恋，孤城阑角”的情景。

杭州城乱成这样，周邦彦的旧居怕是早就不能住了。饿得头昏眼花，又身无分文的周邦彦，感到一阵绝望。忽然，逃难人群里有人叫“待制到哪里去?”待制是周邦彦的官衔，周邦彦一听，循声抬头望去，那正是旧识的侍女啊！她走过来对周邦彦说:“想必您还没吃饭吧，不如下车到酒馆吃一些?”周邦彦落魄至此，便没有拒绝，跟着那侍女来到一处酒家。他先是吃了点东西充饥，又饮了几杯酒，浑身舒畅很多。酒足饭饱，周邦彦忽然想起，这不正是词里“凌波步弱，过短亭、何用素约。有流莺劝我，重解绣鞍，缓引春酌”那句吗?

饭后，周邦彦微醉，却也不敢在城里停留，赶忙逃出了城。恰好此时遇到江潮涨水，冲断了过江桥。而雪上加霜的是，附近的寺庙已经被借住的人挤满了。周邦彦无法，只好继续往前走，终于找到一座小得几乎不被人发现的寺院，那藏经阁正好无人，于是他决定就在此歇息一晚。这可正应了“上马谁扶，醒眠朱阁”。

不久之后，据说方腊的大军已占据两浙。周邦彦考虑，自己是南京鸿庆宫官员，那里总有地方给他住吧？想到便做，他立即带了家人赶往南京。这和“叹西园已是花深无地，东风何事又恶?”正巧应上了。

可悲的是，刚到鸿庆宫没多久，周邦彦病逝。“任流光过却，犹喜洞天自乐”正是他身后写照。一夜幽梦，应了他半生世情。也许很多事情，都是注定的。

小知识

周邦彦(公元1056—1121年)，北宋词人。字美成，号清真居士，钱塘(今浙江杭州)人。官历太学正、庐州教授、知溧水县等。少年时期个性比较疏散，但相当喜欢读书，宋神宗时，写《汴都赋》赞扬新法。徽宗时为徽猷阁待制，提举大晟府(最高音乐机关)。精通音律，曾创作不少新词调。作品多写闺情、羁旅，也有咏物之作。格律谨严，语言曲丽精雅，长调尤善铺叙。为后来格律派词人所宗。旧时词论称他为“词家之冠”或“词中老杜”。有《清真居士集》，已佚，今存《片玉集》。

才华和人品一样好的词人

白璧青钱，欲买春无价。归来也，风吹平野，一点香随马。

这一年初春，乍暖还寒，杭州西湖岸边的梅花已悄然迎风绽放。偏偏在这个时候，下了一场大雪，厚雪压枝，似是对这些梅花的考验。朱翌见外面银白一片，世界白茫茫的真是干净漂亮，他想起西湖边的那几株梅树，便起意去西湖赏梅。

渐渐走近西湖，先是一阵清越动听的流水声传来，朱翌心旷神怡，不由得加快了步伐，朝着梅花开得最好的孤山走去。世人皆知，西湖有三绝：孤山不孤，断桥不断，长堤不长。白娘娘与许仙相会的断桥，正是朱翌要去孤山需经过的桥。他走上断桥，看到一枝红梅伸过来横在桥边，而雪花还在漫天飞落——好一幅红梅傲雪图，朱翌觉得自己仿佛走进了画里。他感慨着："恐怕就连那价值连城的碧玉也买不来如此春光！"他便停在此处，深觉已经尽兴，可以回去了。

回到家中，朱翌依然兴致高昂，他跑进父亲的书房，见父亲没回来，便高兴地研磨砚墨，回想着方才所见的情景，在父亲的书桌上写下一首《点绛唇》：

流水泠泠，断桥横路梅枝亚。雪花飞下，浑似江南画。

白璧青钱，欲买春无价。归来也，风吹平野，一点香随马。

词毕，他吹了吹墨迹，得意地回自己房间休息，把新作的词落在了父亲的书桌上。

这首词引起一段笑谈。话说那天词人朱希前来拜访朱翌的父亲司农公，司农公不在家，仆人便将朱希引到司农公的书房等候司农公回来。朱希托着茶碗，打量着司农公的书房，不一会儿，便被桌上墨迹未干的小词吸引了。他来回品读，玩味半晌，越来越欣赏，便将这词抄写在了自己的折扇上。

自此之后，朱希出门都随身携带这把折扇。一次他跟词人洪觉范相聚，洪觉范看到他扇面上的小词，也是万分欣赏，急切地问朱希这是何人所作？朱希将那次拜访的经历如实相告。两人接着品评议论一番，临走时相约要去拜访司农公，请他引荐词作者给他们认识。

等他们见到司农公问起这首词，司农公大惑不解，朱希、洪觉范既失望又茫然，寒暄了一会儿便起身告辞。两人走后，司农公把儿子朱翌叫过来询问。朱翌一开始怕父亲教训他不务正业，不敢承认。后来一听，父亲似是极为欣赏这首词，一直在夸奖，忍不住沾沾自喜，便把自己那天出游作词的事情和盘托出。司农公知道儿子如此有才华，欢喜异常，断定儿子必定能惊艳文坛，流芳后世，但表面上却不显露，还装出一副严肃的样子道："有这写消遣小词的工夫还不如多多研究经史子集。"

不久，朱翌中了进士，在绍兴年间为中书待制，人称"待制公"。他为人正直，为官清廉，不会逢迎拍马，后因得罪了大权在握的秦桧，被贬谪居19年之久。这是一个人品和才华一样好的词人，令人无法不喜爱钦佩。

小知识

朱翌（公元1097—1167年），字新仲，号潜山居士、省事老人。舒州（今安徽潜山）人，卜居四明鄞县（今属浙江）。事迹散见于《建炎以来系年要录》。有《猗觉寮杂记》2卷，《潜山集》44卷，周必大为作序。《强村丛书》辑有《潜山诗余》1卷，《宋史·艺文志》猗觉寮杂记2卷，《四库总目》并传于世。

卷二

南宋篇

才女一生多坎坷

莫道不消魂，帘卷西风，人比黄花瘦。

她嫁给赵明诚的时候18岁，是女孩最好的年纪。她的父亲是礼部员外郎李格非，赵明诚之父是吏部侍郎，于是她的婚姻是媒妁之言许下的最美的一个诺言，门当户对，而且小夫妻志趣相投，水乳交融。

那几年是李清照过得最痛快、最无忧无虑的日子。她跟赵明诚切磋诗词文章，研究钟鼎石碑，在新奇的感悟与发现中，越来越彼此欣赏，越来越离不开对方。他们两家本都是富贵人家，然而为了收集古董字画、金石漆器，他们“食去重肉，衣去重彩，首无明珠翡翠之饰，室无涂金刺绣之具”。这才是一段美好婚姻的真谛，剥去物质的华丽外衣，寻找共同的精神信仰。

这对夫妻可不仅仅是只会做研究的木头人，他们的生活还颇富情趣。有一年赵明诚远游，李清照因为思念丈夫，在中秋佳节时函寄了一首词《醉花阴·重阳》给他：

薄雾浓云愁永昼，瑞脑消金兽。佳节又重阳，玉枕纱橱，半夜凉初透。
东篱把酒黄昏后，有暗香盈袖。莫道不消魂，帘卷西风，人比黄花瘦。

赵明诚捏着妻子的词，既惊艳于她的文采，感动于她的相思，又自愧不如，还有一点儿不服气。于是他开始闭门谢客，废寝忘食填了49首词，把妻子那首混入其中，合共50首拿给好友陆德夫等人鉴赏。陆德夫反复吟诵，说这些词里，有三句妙到极点。赵明诚急切问是哪三句？陆德夫答："莫道不消魂，帘卷西风，人比黄花瘦。"赵明诚听了也不生气，回去还说要拜夫人为师。

然而在那种动荡的大时代，人都变得渺小，这样美好的日子总是过得太快。金兵南侵，宋高宗赵构偏安一隅，向金称藩称臣，把淮河以北的国土拱手让人。国破家亡，李清照随丈夫南下建康。之后青州兵变，他们没来得及运过来的书画图册，尽数付之一炬。公元1129年8月18日，赵明诚接受了湖州太守的任命，赴任途中中暑染病，因医治不当死于建康，卒年49岁。这一年，李清照也才46岁，她还有数十年华要度过，这个当口，她失去的不仅是一个丈夫、一个依靠，还是一个志同道合的朋友、生死与共的爱人，其悲痛可想而知。

此后，她辗转漂泊于杭州、越州、台州和金华一带，颠沛流离，居无定所。年近五十的李清照，已经尝够了孤苦清寂，她本是世宦人家的高贵小姐，是上流社会能词善赋的多才妇人，她需要一个丈夫、一个家，于是她接受了张汝州的追求，再嫁为人妇。不管外界对此事有多少恶评、多少嘲讽，李清照总知道自己需要什么，而且勇敢地去做。

谁知张汝州根本不是真心怜惜这个苦命的女人，只是用婚姻的手段谋取李清照的家财，一旦财产到手，便开始对李清照拳脚相向。李清照又一次展现了她才情之外坚强勇敢的性格，她不顾一切在结婚3个月后向官府提出控告，要求解除她和张汝州的婚姻关系。那个时候，妻子状告丈夫，即便告赢了，妻子也要承担两年牢狱之灾。李清照不怕，她没有了爱人，没有了家，没有了财产，已经什么都没有了，还怕什么，她只要一条活路。最后她告赢了，在朝中亲戚的帮助下，她被关押九天后出狱。背着这么一件不名誉的事情，李清照步入晚年，步入生命终点，于是我们读到了《声声慢》：

寻寻觅觅，冷冷清清，凄凄惨惨戚戚。乍暖还寒时候，最难将息。三杯两盏淡酒，怎敌他、晚来风急！雁过也，正伤心，却是旧时相识。

满地黄花堆积，憔悴损，如今有谁堪摘？守著窗儿独自，怎生得黑！梧桐更兼细雨，到黄昏、点点滴滴。这次第，怎一个愁字了得！

李清照终此一生，甜蜜起笔，苍凉落款。半生醉花阴，半生声声慢，成就了我们心目中最优雅的女文人。

人生有沉浮，千万沉住气

太平朝野总多欢，江湖幸有宽闲处。

侯彭老年少时就显露出多才善辩、机敏好学的品质。他的父亲是个博览群书、学富五车的人，但是其一生都没有考取功名，只把读书当成兴趣，安闲度日，怡然自乐。于是，对儿子侯彭老，父亲悉心教导他识字念书，为人为文，却从不在功利仕途上多费唇舌。在这种环境影响下，侯彭老的秉性疏朗旷达，安闲大度，有乃父之风。

侯彭老慢慢长大以后，离开故乡到京都太学继续他的学业。没过多久，宋徽宗继位，改年号为建中靖国。这个时候的徽宗年少气盛，很有做出一番事业、富国强民的决心。他颁旨鼓励百姓直言上谏，不管是鞭辟时政，还是提出治国之道，徽宗都愿意仔细听取。京都的太学生中有许多青年学子怀有报国之心，他们饱读诗书，忧国忧民，当得知徽宗的这道旨意，都欣喜若狂，认为这是一个机会，终于可以一展抱负了。侯彭老正是这群太学生中极为出类拔萃的人物，当他得知这么一个消息，立即奋笔疾书，洋洋洒洒地细数朝政得失，还提出他的治国之策。

徽宗这个人，本就是个性情浮躁的皇帝，虽然那旨意是他自己颁布的，但是听了那么多不中听的话，他已经很不高兴了。再过一段时间，他终于忍无可忍，将上书抨击时政的人统统治了罪。侯彭老自然也因此受到牵连，被皇帝的一纸诏令遣返原籍。

太学生里本就人心惶惶，因为他们之中有几个人也向朝廷进言，生怕自己说的话触怒龙颜。天子之怒可不是闹着玩的。当他们得知侯彭老获罪，心中更是不安了。不安之外，又有很多愤怒感慨。旨意是皇帝下的，他们也是依旨办事，一腔忠诚落得如此下场，怎不寒心！

侯彭老临行前，他们聚集到他的房间，大家心情低落，神态沉郁，都说不出什么话来。反倒是侯彭老，神色安然。他看着大家愁眉不展的样子，洒然一笑，提笔写了一首词，说："我将要回故乡去，这一去也不知道何时还能再与诸位同学相见。此别离之际，权且以这么一首小词赠予各位留作纪念吧！"太学生们接过词传阅，一一看过这首《踏莎行》：

十二封章，三千里路。当年走遍东西府。时人莫讶出都忙，官家送我归乡去。

三诏出山，一言悟主。古人料得皆虚语。太平朝野总多欢，江湖幸有宽闲处。

众位皆深为震动。这虽然只是一首小词，但是侯彭老在受挫之后还能表现出这样的安闲乐观，实在是难得之至。不多时，这首词便传遍了整个太学，许多人奉侯彭老为偶像，对他的心胸气慨钦佩有加，还都纷纷摆酒为他饯行。这本是遣送回乡的难堪事，这么一来，倒像是送侯彭老荣归故里一般。这事传到了徽宗耳朵里，着实恼怒，派人严加调查，然后把跟侯彭老过往甚密的几个人也给治罪了。

侯彭老回乡，心境始终平淡，继续读书作文，丝毫没有颓废下去。可知他当时那般乃出自真心，绝不是强颜欢笑。几年以后，他以贡生的身份参加科举考试，登上甲科。

人生是一场奇妙的旅程，仕途官场之沉浮更是难以定论，所以凡事沉住气，别着急。

小知识

侯彭老，字思孺，号醒翁，南宋衡山县人。赋性耿介，勇于直言，工诗文，尤长于词作。元符四年（公元 1101 年），以太学生上书言事获罪，诏遣归本籍，作《踏莎行》告同舍。词传入禁中，拟免其罪，因故未果，由是知名一时。大观（公元 1107—1110 年）初进士，南宋绍兴三年（公元 1133 年）知滕州，后弃官隐居南岳狮子岩。

谁能懂我故国的思念

江州司马，青衫泪湿，同是天涯。

吴激是北宋著名的书法家、画家米芾的女婿，工于诗文，书画尽美，颇有其岳丈遗风。

宋徽宗宣和年间，吴激被派去出使金国。金国人听说这回的来使是一个能诗文、善书画的才子，甚为惊喜，怎样都不愿意放走这样一个人才，打算留下吴激委以重任。这怎么可能呢？吴激身为大宋的官员，他生于宋、长于宋，跟金人势不两立，更不可能去做金国的官。金人强行扣押了吴激，他多次上书请求返宋都被驳回。

这一年，又有一个南宋大臣叫洪皓出使金国。洪皓据说也是个颇有才干的人，金国见猎心喜，也不愿意放洪皓回去，便派了张总侍御设宴款待洪皓，准备在宴席上劝诱他。张总侍御想了想，又命人去请吴激来作陪，希望吴激能够帮助他劝说洪皓。

只见席上款款走出一群女子，薄衣轻纱，身姿妖娆，唱歌跳舞以助酒兴。宴席的气氛很热烈，大家都看得津津有味，只有吴激发现舞女中有一人脸上的表情很僵硬，不仅没有欢娱之色，还隐隐透着怨愤愁苦。吴激找了个机会让那舞女坐到自己身边询问事由。那舞女一听吴激询问，脸上悲伤的表情更显，悲戚戚地说道："我本是宋人，是后宫宫女，在离乱之中被金人掳到此地，迫不得已才沦落成歌舞妓。而今在此看到大人，忍不住就回想起从前……”说到这里，那舞女已泣不成声，再说不下去了。吴激听来，心中亦有戚戚焉。他想起自己在家乡的往事，想起来到金国的遭遇，心潮起伏，即刻挥笔写就《人月圆》：

南朝千古伤心事，犹唱后庭花。旧时王谢，堂前燕子，飞向谁家？

恍然一梦，仙肌胜雪，宫髻堆鸦。江州司马，青衫泪湿，同是天涯。

吴激从南朝陈后主亡国之事想到北宋朝廷的灭亡，从宋宫婢女的漂泊想到自己的坎坷，情深意切，感人肺腑。当时在座的南宋人无不被此词感动，默默挥泪。

洪皓对金人的企图十分明白，本来就不愿意顺从金人的请求，再听了这首词，心意更加坚定。金国主恼羞成怒，把洪皓流放到冷山。可是他到底惜洪皓之才，没过多久又下旨封洪皓做翰林学士，中京副留守，都被洪皓拒绝。15 年之后，洪皓才得以回到南宋朝廷。

而对比洪皓的坚贞不屈，吴激就显得文弱得多，他既放不下宋朝，又不能够做到像洪皓那样激烈地反抗，所以终生未能返回故里，在皇统二年客死异乡。

小知识

吴激（公元 1090—1142 年），金代作家、书画家，字彦高，自号东山散人，建州（今福建建瓯）人。北宋宰相吴栻之子，书画家米芾之婿，善诗文书画，所作词风格清婉，多家园故国之思，与蔡松年齐名，时称“吴蔡体”，并被元好问推为“国朝第一作手”。

有辱国格一“陪臣”

万里归来夸舌辩，村牛！好摆头时便摆头。

宋高宗末年，翰林学士洪迈曾经被派去出使金朝。洪迈到了金朝，要求以对等的国礼觐见金朝的国主，不肯自成“陪臣”。金人盛气凌人，视宋人低他们一等，哪里能容得洪迈如此，便将洪迈囚禁在使馆里，不给他饭吃也不给他水喝。在屈辱和饥饿之下，洪迈屈服了，他愿意向金国主跪拜称臣。

洪迈在金人面前是那般嘴脸，回宋之后又换了头面，夸夸其谈，全无廉耻。他分明做出了有辱国格、自我贬低的事情，为此，绍兴太学生就作了一首《南乡子》讽刺他：

洪迈被拘留，稽首垂哀告敌仇。一日忍饥犹不耐，堪羞！苏武争禁十九秋。

厥父既无谋，厥子安能解国忧？万里归来夸舌辩，村牛！好摆头时便摆头。

真善美与假恶丑相比较，才能分辨出事物的真伪是非。洪迈使金，不能保持自己的气节，遭受一天的饥饿之困便屈服了，怎不遭人唾弃？洪迈被拘留，稽首垂哀告敌仇。相比而言，汉代苏武在匈奴苦度的 19 个春秋，又是怎样坚持下来的呢？当时汉武帝派苏武出使匈奴，匈奴的单于逼他向自己下跪投降，苏武不屈，从此被流放到北海牧羊，受尽苦楚折磨，他始终不屈服，在苦厄中度过了 19

年，历尽艰辛才得以回到长安。和他相比，洪迈不值一提！

而洪迈的父亲洪皓据说也曾出使过金国，也曾被扣留，在金国足足待了15年才放回来。这15年里，洪皓一事无成。洪迈果然继承了自己父亲毫无作为的传统：厥父既无谋，厥子安能解国忧？只不过无所为便罢了，软弱屈服也算了，回国之后还要吹牛，自己捧自己，把自己夸得超凡绝伦，简直是无耻至极：“万里归来夸舌辩，村牛！好摆头时便摆头。”

罗大经《鹤林玉露》有记载：洪迈此人“素有风疾，头常微掉”，词中说他“好摆头时便摆头”，既是实写他掉头的毛病，也妙语双关地讽刺了他回宋后洋洋自得的丑不知羞的行为。

这整首词都没有采取正面出手、直言怒斥的方式，而是充满了冷嘲热讽，极尽调笑挖苦之能事。“堪羞”、“村牛”这一类俚语的插入，为这首词增添了无尽的讽喻力量，由此可见作者实在是个幽默智巧的人。

小知识

洪迈（公元1123—1202年），南宋鄱阳（今江西省鄱阳县）人，字景卢，号容斋，洪皓第三子。南宋著名文学家。洪迈学识渊博，著书极多，文集《野处类稿》、志怪笔记小说《夷坚志》，编纂的《万首唐人绝句》、笔记《容斋随笔》等，都是流传至今的名作。作为一个勤奋博学的士大夫，洪迈一生涉猎了大量的书籍，并养成了做笔记的习惯。读书之际，每有心得，便随手记下来，集40余年的成果，形成了《容斋随笔》5集，凡74卷。

那是气节，不是爱

若得山花插满头，莫问奴归处。

南宋孝宗淳熙年间，台州营妓里出了一个色艺冠绝的女子，此女晓古今，知天文，善诗词，精歌舞，解人意，人见人爱，风头无两。这女子就是严蕊。

严蕊原名周幼芳，本也是好人家的女儿，其父周海早逝，母亲王氏迫于生计，招当地一个名叫陈必大的无赖入赘。陈必大无能无才，坏主意倒是不少，他见周幼芳生得漂亮又聪明，便特意请人来细心调教，指望培养个“摇钱树”出来。待到周幼芳十四五岁时，陈必大偷偷把她骗到台州，将她没入妓籍，改名严蕊。好好的一个良家女，自此沦为官妓。

淳熙七年十二月，唐仲友至台州任太守。他早就听说官妓里那个才色兼备的严蕊，这下可算是近水楼台。他一到任，但凡是良辰节日，或者宴请宾客，都要招严蕊来陪酒。宋朝有法令，官妓可以陪酒陪聊，但不能陪睡，因此，唐仲友对严蕊无论有多喜爱，也只谑浪狎昵，不敢胡为。

唐仲友喜欢严蕊，起初仅限于酒桌上的迎来送往。忽然有一日，他想起这个女子不仅美丽，似乎还有点才气。这一日，他开的是赏花宴，于是以红白桃花为题，命严蕊赋词一首。严蕊从命，刻下即得一首《如梦令》：

道是梨花不是，道是杏花不是。
白白与红红，别是东风情味。
曾记，曾记，人在武陵微醉。

席上众人听罢皆连声叫好。唐仲友即刻让人去挑了两匹缣帛赏给严蕊，这时他看着严蕊的眼中多了几许光彩。唐仲友的好友谢元卿来做客的时候，他说了一句这样的妙人若能一亲芳泽，今生足矣，唐仲友便做主把严蕊推了出去，令好友尽兴。他喜欢她，像喜欢一个可以共享的礼物，像喜欢一个随时可以送人玩耍的宠物。

朱熹跟唐仲友素有私怨，时任浙东提举的朱熹巡查到台州，奏参唐仲友与严蕊通奸，追取了唐仲友的太守印信，又把严蕊关进牢里，严刑拷打。朱熹以为这样瘦弱的女子必然经不得刑讯逼供，无论真假，总能叫她招认。严蕊被扣押的一个多月里，不管遭受了怎样的酷刑，只说是跟唐仲友陪酒取乐，再无其他，两个多月后，严蕊被放回。

后来朱熹调职，他的职位由岳霖继任。岳霖巡视台州时，众位官妓前来拜贺。对于之前闹得沸沸扬扬的案子他有所耳闻，遂对严蕊略加注目。老实说他有点失望，那仍在被人议论的女子站在人群之中，容颜憔悴，遮掩了大半美丽，眼神枯涸，气质也未见有超拔之处。出于对她的同情，岳霖说："久闻你擅长诗词，你若能将身世作成词，说不定我能帮帮你。"严蕊凄酸一笑，口占一首《卜操作数》：

不是爱风尘，似被前缘误。花落花开自有时，总是东君主。
去也终须去，住也如何住？若得山花插满头，莫问奴归处。

好一个"不是爱风尘，似被前缘误"，好一个"若得山花插满头，莫问奴归处"。岳霖心中喝采。再看严蕊，仿佛不一样了许多，他对她说："严子果真才女也，我乐得做个人情，为你脱籍，让你从良。"据说从良之后，严蕊被一个宗室近属子弟纳为妾。这在当时已经是个很好的结局了。

有人说，严蕊一定极爱唐仲友，才能忍受那种种酷刑。他们以为女人只有为爱才会如此奋不顾身，他们不懂这世上还有一种东西叫气节，这种东西，不独男人有，女人也有。

词客里的硬汉

却将万字平戎策，换得东家种树书。

辛弃疾出生的时候，家乡山东济南已经沦陷12年了。辛弃疾在祖父辛赞的教育和影响下，自幼就对金国痛恨之至，抱有抗金复国的理想。

宋高宗绍兴三十一年，金兵南侵，人民再也不堪其辱，各地大举义旗抗击金人。其中有一支队伍力量尤为强大，就是山东的耿京，他拥有20多万人马。21岁的辛弃疾响应抗金义军，自筹资金汇集了2 000多人投奔耿京，开启他一生中马上征战的生涯。

没过多久，一个名叫义端的和尚也带着1 000多人来投奔耿京。谁知这义端和尚却不是真心，而是个投机者，他从辛弃疾那里盗走了起义军的印信。辛弃疾在耿京面前立了军令状，誓言三日之内抓住义端和尚，拿回印信，不然甘愿赴死。

说着他提刀跨马，于崇山峻岭之间向金人奔驰而去，一路风驰电掣赶上义端和尚。义端在辛弃疾刀下讨饶："您是天上的青牛星，武功盖世，您就饶我这小人一回吧！"辛弃疾才不理会这些，举刀就将他斩于马下，取了大印回营。这样的文武全才怎不令人钦佩？

同年十一月，完颜亮受挫，宋军取得采石大捷。辛弃疾审时度势，建议耿京归顺朝廷，南北配合全面反攻。宋高宗接见了辛弃疾等人，并且予以加封。但是义军内却出现了叛徒张安国和邵进。他们暗杀了耿京，致使义军大部分溃散，而张邵两人带着小部分人马投了金国。

辛弃疾到了海州才知道这消息，心中万分悲痛，决意不杀二贼誓不罢休。他取得了东京招讨使李宝的支持，跟统制官王世隆一道率领 50 名精兵强将奔赴济南。

辛弃疾一行人口衔枚、马束蹄，悄无声息地潜入济南。这个时候，身在济南的张国安竟然还在宴乐。辛弃疾、王世隆带着骑兵突然发难，闯进金兵营，活捉张国安，并且令投降金国的义军归顺朝廷。众人一路披星戴月押着张国安回到临安处以死刑。

辛弃疾这回名声大振，“壮声英慨，儒士为之兴起，圣天子一见三叹息”。只不过南宋朝廷可不怎么善待这些义军，只把他们当做难民一样散乱地安置在各县，又只给了辛弃疾一个江阴签判这种无足轻重的职位。

晚年时，辛弃疾回忆这一段人生经历，百感交集，写下《鹧鸪天》：

壮岁旌旗拥万夫，锦襜突骑渡江初。燕兵夜娖银胡䩮，汉箭朝飞金仆姑。

追往事，叹今吾，春风不染白髭须。却将万字平戎策，换得东家种树书。

当年曾经闯过刀光剑影，可惜一腔报国之志杀敌本领无用武之地。那样的朝廷，太令人绝望了。而词客里，立马横刀、上阵杀敌的英豪硬汉，千年以降，也只出了一个辛弃疾。

小知识

辛弃疾（公元 1140—1207 年），原字坦夫，改字幼安，历城（今山东省济南）人，南宋爱国词人，中年名所居曰稼轩，因此自号“稼轩居士”。辛弃疾存词 600 多首。强烈的爱国主义思想和战斗精神，是辛词的基本思想内容，他是中国历史上伟大的豪放派词人、爱国者、军事家和政治家。

永远的画面

那回归去，荡云雪、孤舟夜发。伤心重见，依约眉山，黛痕低压。

少年孤贫，屡试不第，终生未仕，一生辗转漂流江湖，然才名卓著，工诗词，精音律，善书法，再有品貌一流，气质超拔。这样的男子，天生就让女人痴迷，有足够风流的本钱，但是姜夔，居然还是个多情、长情又痴情的人。

姜夔跟杨万里、范成大、辛弃疾等人交好。一次，他去苏州拜访范成大。范成大在苏州颐养天年，养了不少乐工和歌妓。姜夔住在范成大家里的那些天，作词谱曲赏玩，其中《疏影》和《暗香》两首深得范成大的喜爱，范成大找来他最为喜爱的歌妓小红演奏、歌唱。小红唱得特别动情："旧时月色，算几番照我，梅边吹笛？唤起玉人，不管清寒与攀摘。"小红微微低首，神色哀婉，那一瞬间，姜夔觉得他跟小红之间通灵了情感，仿佛他所说小红统统都是明白的。他不禁看着小红看出了神。

范成大有心成人之美，便把小红送给了姜夔做妾。姜夔抱得美人归，自然心情愉悦。他带小红回家路过苏州城东的垂虹桥，诗性大发，作诗一首：

自作新词韵最娇，小红低唱我吹箫。
曲终过尽松陵路，回首烟波十四桥。

"小红低唱我吹箫"，和"红袖添香夜读书"一样，平和温馨动人心扉的场景，缠缠绵绵，缱绻情深，随着岁月流淌可以酿成最美、最醇的酒。

可惜，没有面包的爱情就是没有根基的浮萍。姜夔生活清贫，衣食难继，怎忍心小红跟着自己吃苦受罪。据说，他打听到某富贵人家想娶妾，便让小红嫁去。小红哭泣哀求都没能动摇姜夔，只好离去。姜夔的好友苏泂在姜夔死后，还在为这段往事叹息，作挽词云："所幸小红方嫁了，不然啼损马塍花。"

5 年以后，姜夔与张鉴、俞灏、葛天民一起从封禺往东前去梁溪张鉴的住所，行程是由苕溪入太湖经吴松江，沿运河至无锡，方向正与 5 年前相反。这一次也是在夜间过吴松江，到了垂虹桥，那夜风特别大，姜夔顶风走在桥上，5 年前跟小红来到这里的画面在眼前显现，那时有多美好，这时便有多怀念，因作《庆宫春》：

双桨莼波，一蓑松雨，暮愁渐满空阔。呼我盟鸥，翩翩欲下，背人还过木末。那回归去，荡云雪，孤舟夜发。伤心重见，依约眉山，黛痕低压。

采香径里春寒，老子婆娑，自歌谁答。垂虹西望，飘然引去，此兴平生难遏。酒醒波远，正凝想、明珰素袜。如今安在，唯有栏杆，伴人一霎。

此时范成大已逝三载，小红不知身在何处。这一段感情，永远定格在 5 年前那一个凝固画面上了。

小知识

姜夔（公元 1155 年—1221 年），字尧章，号白石道人，饶州鄱阳（今江西鄱阳）人，南宋词人、音乐家。他多才多艺，精通音律，能自度曲，其词格律严密。其作品素以空灵含蓄著称。著有《白石道人歌曲》。

别在错误的时间做错误的事

月又渐低霜又下，更阑，折得梅花独自看。

潘牥原先叫公筠，不过后来他梦见一位神仙牵来一头牛送给他，于是自己给自己改名为“牥”。

他饱读诗书，曾经在殿试中夺得探花，可是为人桀骜不驯，放荡不羁，常常在喝醉酒之后骑着黄牛在市井间高唱《离骚》。

他性情豪爽，以豪侠闻名，最爱饮酒和交朋友。一次，他约诗社的朋友们在南雪亭梅花树下饮酒赏梅。潘牥其实长得不错，朋友们远远看见他独自一人站在梅花树下，白衣胜雪，衣袂飘然，风神如玉，出尘绝俗，险些不敢靠近。他转身一笑，挥手招呼朋友过来。几人喝到酣畅处，潘牥脱去衣帽，即兴高歌长啸，风采傲视群伦。

又一日，诗社诗友在瀑布飞帘的清泉边上摆酒待客。潘牥又找来朋友们狂歌痛饮。席间有人提议：“咱们这些人中，有谁能站到瀑布下，让流水从头顶灌落，且口中吟诗不断。谁若是做得到，大家就一起跪拜他。”

潘牥豪爽好胜，此时又添几分醉意，当仁不让站起来要试试。他散开头发，站到飞泻而下的瀑布里，口中念着：“沧浪之水清兮，可以濯我缨……”就这样过了许久，众人都感慨自己不如潘牥，纷纷叫他回来，向他跪拜。

然而，一个读书人的身体能够强健到哪里？潘牥这次任性妄为，导致寒气入体，回到家不久就病死了。他有一首怀人词《南乡子·题南剑州妓馆》颇为著名：

生怕倚阑干，阁下溪声阁外山。唯有旧时山共水，依然，暮雨朝云去不还。

应是蹑飞鸾，月下时时整佩环。月又渐低霜又下，更阑，折得梅花独自看。

他说害怕倚栏杆远望，怕听见阁楼下的溪水声，怕看见阁楼外的青山。昔日曾与伊人倾心共赏，如今伊人不在，只有这历劫不变的青山绿水还如往昔。那女子如云如烟，飘忽不定，是不是已经化为仙女乘着鸾鸟一去不还了？我还等着她，等着听她来时环佩叮咚。月亮渐渐低下去了，这寒霜冷得逼人，我百无聊赖，折一枝梅花，送给我自己。

如果没有这首词，我一定以为潘牥天生就是个疯狂的浪子，所以他才做得出那样轻狂的事情。可是现在我不相信，写出这种“语尽而意不尽，意尽而情不尽”的绝妙好词的潘牥会是那样的人。

他是不是心里有一个影子抹不掉，他是不是独自咽下了许多别人看不到感受不到的痛苦，他怀念的是人，是梦想，是生活，还是别的什么？是不是总也实现不了所以癫狂地折磨自己？

这一首词足见他的才华，我们为他英年早逝，而且是以那种方式早逝而惋惜。所以千万别在错误的时间做错误的事情，不管是人还是生活辜负了你，都别这样对不起自己。

催人老去的是岁月还是思念?

流光容易把人抛，红了樱桃，绿了芭蕉。

蒋捷出身仕宦世家，仗着这样的家世，他年少时也曾是个放浪形骸的公子哥儿。后来他父母双双亡故，家道中落，再加上国势飘摇，连年战争，他竟然落魄成了一个难民，颠沛流离，吃尽了苦头。

一天，他逃难到了苏州吴江，乘着船路经秋娘渡。当他走到泰娘桥的时候，天空忽然下起大雨，那雨来势汹汹，绵绵密密没完没了，勾起蒋捷无限心事。伤心人最怕遇雨听雨，羁旅天涯本就不知何处是归处，心里的眼泪还没流完，偏偏老天爷还来为难。蒋捷正发愁，忽然望见前村有酒楼，酒帘高挑，看样子还在营业。他决定去喝上几盅酒，既可躲雨，又可浇愁。

蒋捷上了酒楼，耳中忽然传来吴音。这样的雨天，听到乡音，那思乡之情自然一发不可收拾。他心下暗叹：我什么时候才能回到家乡？这样兵荒马乱四处逃难的生活什么时候才到尽头？他挑了个靠窗的位置坐下，喝下一杯酒就发一会儿呆。

忽然他抬头望了望窗外，只见院中樱桃已经成熟，鲜红欲滴；而那芭蕉叶也长得甚好，长长的绿油油的几乎伸进窗子里来。他一下子意识到这是春日，而眼前的景色，即便沐浴在雨中也是一幅极为美丽鲜活的春景。只是，这突然展现在眼前的美景更加刺激了他那一颗向往回家、向往安定的心,他自嘲:想我蒋捷,竟然还不若这小院里自然生长的花果。然后他向店家要了纸笔,趁着酒兴作了一首《一剪梅》:

一片春愁待酒浇,江上舟摇,楼上帘招。秋娘渡与泰娘桥,风又飘飘,雨又潇潇。

何日归家洗客袍?银字筝调,心字香烧。流光容易把人抛,红了樱桃,绿了芭蕉。

当晚,蒋捷投宿于一所寺庙之中。寺僧见他待人有礼,似乎是读书人的样子,对他甚为殷勤。只是这恼人的春雨下了一夜未停歇,蒋捷听着那滴答声响,翻来覆去睡不着。眼看天都快亮了,他才昏昏睡去。朦胧中,他觉得自己仿佛回到了年少时,他看见自己在舞榭歌台行乐,在红烛灯前读书,在锦罗帐中安睡。他正开心,突然马嘶人叫,硝烟滚滚,到处都是战乱和血。他慌忙乘着船逃出去,逃难路上阴雨绵绵,他看见江阔天低,听见孤雁哀鸣……

此时一阵清脆的敲门声把蒋捷惊醒——原来那是一场噩梦,真实的噩梦。寺僧请蒋捷去吃早饭,蒋捷应了一声,起身穿衣。对着镜子梳理头发的时候,他发现自己两鬓染霜,叹果然是人生如梦。于是他提笔写了一首《虞美人》:

少年听雨歌楼上,红烛昏罗帐。壮年听雨客舟中,江阔云低断雁叫西风。

而今听雨僧庐下,鬓已星星也。悲欢离合总无情,一任阶前点滴到天明。

这一生,他流离失所苦不堪言,经历了那么多那么多,到头来发现一场梦就说完了——于是他老了,在岁月里,也在思念里——人这一生,怎堪说?

小知识

蒋捷(生卒年不详),字胜欲,号竹山,宋末元初阳羡(今江苏宜兴)人。先世为宜兴巨族,宋咸淳十年(公元1274年)进士。南宋亡,深怀亡国之痛,隐居不仕,人称“竹山先生”、“樱桃进士”,其气节为时人所重。长于词,与周密、王沂孙、张炎并称“宋末四大家”。其词多抒发故国之思、山河之恸,风格多样,而以悲凉清俊、萧寥疏爽为主。尤以造语奇巧之作,在宋季词坛上独标一格,有《竹山词》1卷,收入毛晋《宋六十名家词》本、《彊村丛书》本;又《竹山词》2卷,收入《涉园景宋元明词》续刊本。

嫉妒真可怕

看垂杨连苑，杜若侵沙，愁损未归眼。

众所周知，姜夔是个多情的才子。但是他有位好友张仲远却不然，不知道是因为没那份心思，还是因为家中那位善妒的妻子。

有一段时间，姜夔在吴兴，寓居在张仲远家。张仲远的妻子对姜夔礼遇有加，而姜夔观其知书达礼、热情好客且善于持家，实在和朋友们所知的张妻大不一样。再过了一段时间，他方知朋友所言不虚，这位嫂夫人生怕张仲远出去拈花惹草，平日看他看得紧紧的，恨不得张仲远就是她的团扇坠子，时时刻刻带在身边。张仲远与朋友之间常有书信往来，互相问候近况，传达祝福问候。而张妻则会趁着张仲远外出之时，检查这些书信，看看其中可有什么不轨的事情。

姜夔的性子比起张仲远来，可谓风流多趣。张仲远每日对着妻子战战兢兢、处处小心，外出时也不敢跟女子过多接触，生怕妻子找他碴。姜夔见此，觉得十分有趣，便起意开个玩笑，逗弄这张氏夫妻一下。

这日，张仲远外出办事，姜夔来到他的书房，以一女子的口吻写了一首《眉妩》：

看垂杨连苑，杜若侵沙，愁损未归眼。信马青楼去，重帘下，娉婷，人妙飞燕。翠尊共款。听艳歌、郎意先感。便携手、月地云阶里，爱良夜微暖。

无限。风流疏散。有暗藏弓履，偷寄香翰。明日闻津鼓，湘江上，催人还解春缆。乱红万点。怅断魂、烟水遥远。又争似相携，乘一舸、镇长见。

词毕，他还特意点名“赠张仲远”，然后用信封装起来放在桌子上。

张妻像往常一样来检查丈夫的书信了，她拆开这一封信，见了《眉妩》，冷笑一声——这词写得可真好啊！那女子想必是个了不得的才女，恐怕还貌美。瞧瞧他们都做了什么：那女子伫立庭院，对情郎望眼欲穿。然后情郎信马而来，看佳人身姿娉婷，妙比飞燕。好个郎情妾意、郎才女貌！然后他们品酒，唱情歌，还手拉着手在月下漫步！分别以后，还暗暗传书寄情！这女子可真痴情，好一个“怅断魂、烟水遥远”，好一个“又争似相携，乘一舸、镇长见”，张仲远，你……你……

张妻打翻了醋坛子，妒火中烧，怒意难消，恨不得立时看见张仲远，然后活撕了他！等到张仲远归家，张妻立即冲过去将手中书信砸向他，责问他。张仲远看了词百口莫辩，他正惊疑这词的来历，怔忡间，张妻看他神色，又想他果真是做了对不起自己的事才答不上话，气恼更甚，伸开五指，冲上去就将丈夫的脸抓了个鲜血淋漓。此后许多天，张仲远都躲在家里羞于见人。

姜夔玩笑开过了，张妻的反应却也过了。爱可以豢养，却不能囚禁，这样拼尽全力维护，日日担惊受怕，守住了也没什么骄傲可言吧！

小知识

故事载于《耆旧续闻》，南宋人陈鹄所写，是一本史料笔记，其中关于南北宋名人言行、逸事及诗词记载颇多，有许多资料常为今天的研究者所引用，非常珍贵。

缘分了断的千古绝唱

山盟虽在，锦书难托。莫！莫！莫！

在一个锦绣艳丽的词的朝代里，他被称为爱国诗人。他临死的绝笔诗“死去元知万事空，但悲不见九州同。王师北定中原日，家祭无忘告乃翁”亦证明了他不负爱国诗人的名号。然而，这世上但凡是人皆不可能只有一面，国仇家恨之外，他心中还有一片刻骨柔情蚀骨遗恨，凝成一首千古绝唱《钗头凤》。他，就是陆游。

陆游生于书香之家，家境殷实。他幼年时，金人南侵，他随家人到处逃难，与母舅唐诚一家交往甚密。唐诚有个女儿名叫唐婉，自小生得玉雪可爱，陆游很喜欢和这个小表妹一起看书玩耍。

这又是一个青梅竹马故事的开头，两个纯真的少年日日相对，在兵荒马乱之中寂静欢喜，水到渠成地生出青涩美好的情愫。两家父母也认为这是天造地设的一对，陆家便以一只精美妙丽的家传凤钗作为信物，订下了婚约，只待两人成年完婚。

陆游的母亲应该不是一开始就讨厌唐婉的，毕竟她还是唐婉的亲姑母。那种不喜的情绪应该是随着日子逐渐增加而爆发的。不过是因为一个母亲愚昧的害怕和扭曲的心态，鹣鲽情深的两夫妻硬生生被拆散。

无量庵的尼姑妙音算的那八字不合的一卦，只不过是陆母撵走儿媳找的一个完美借口。陆游不从，然后，他听到了一句所有母亲威胁儿子的杀手锏：“否则老身与之同尽”。亲情与爱情，为什么一定要做这样的选择？

陆游写了休书，送归唐婉。又因实在难舍，给唐婉另置别院，时常悄悄去探望，一诉衷情。这种秘密幽会如何能逃过精明陆母的厉眼，她又一次用强硬的手段断绝了这对苦命鸳鸯的来往，迅速为儿子续妻王氏。随后，唐婉亦改嫁同郡名士赵世诚。

时光荏苒，十载光阴悠悠漫过。这日春光正好，陆游走出书房来到城南沈园游春。恰逢此时，唐婉与赵世诚也来到沈园，花行柳丝之间，唐婉一眼就看到陆游踽踽而来，两人四目交投，时光和目光都一时凝固，恍惚之中，也不知这一眼里是爱，是怨，是怜还是恨。赵世诚与陆游相谈甚欢，酒酣餐毕依依辞别，唐婉自始至终低首蹙眉，未说一句话。

陆游看两人走远，胸中压抑的思念泛滥开来，心口一片惨痛，提笔便在沈园墙壁上写下传唱千古的一阕词：

红酥手，黄縢酒。满城春色宫墙柳。东风恶，欢情薄。一怀愁绪，几年离索。错，错，错。

春如旧，人空瘦。泪痕红浥鲛绡透。桃花落，闲池阁。山盟虽在，锦书难托。莫，莫，莫！

此后不久，陆游出任宁德县立簿，远离故乡。次年，唐婉再次来到沈园，这次独她自己。压抑的思念一旦被揭开就是汹涌澎湃不能平息的灾难，这一年的唐婉生不如死。赵世诚再好，他毕竟不是陆游。不是那个人，就不行，这是唐婉执著的爱情。沉浸在哀伤情绪里的唐婉，无意中一抬头，看见了陆游题的那首《钗头凤》，眼泪汹涌而出，她也提笔和了一阕词：

世情薄，人情恶，雨送黄昏花易落。晓风干，泪痕残，欲笺心事，独语斜阑。难，难，难！

人成各，今非昨，病魂常似秋千索。角声寒，夜阑珊，怕人寻问，咽泪装欢。瞒，瞒，瞒！

好一个“怕人寻问，咽泪装欢。瞒，瞒，瞒”，瞒着瞒着，瞒成丝丝缕缕的心病，裹成厚厚的茧，窒息于其中。这一生，只能如此了，这样短，这样惨淡疼痛，早走，也好。唐婉殁了。

75岁那年，陆游告老还乡，就住在沈园旁边，再游沈园，他写：“伤心桥下春波绿，疑是惊鸿照影来。”

81岁时，他梦里游沈园，醒来他写：“城南小陌又逢春，只见梅花不见人。”

84岁时，就是他死去的前一年，他又写："沈家园里花如锦，半是当年识放翁。也信美人终作土，不堪幽梦太匆匆！"

最初看到这则故事是那么恨陆游，他眼睁睁看母亲逼走唐婉，坐看缘分了断，竟拿不出一丁点儿男儿气概死扛到底。然而看他这60多年的思念，他也没放下，到死也不能解脱，还计较什么呢？只愿天下有情人终成眷属，成眷属永不分离，别再唱《孔雀东南飞》，别再唱《钗头凤》。

小知识

陆游（公元1125—1210年），字务观，号放翁，越州山阴（今浙江绍兴）人。南宋诗人。少年时即受家庭中爱国思想熏陶，高宗时应礼部试，为秦桧所黜。孝宗时赐进士出身。中年入蜀，投身军旅生涯，官至宝章阁待制。晚年退居家乡，但收复中原的信念始终不渝。创作诗歌很多，今存9 000多首，内容极为丰富。抒发政治抱负，反映人民疾苦，风格雄浑豪放；抒写日常生活，也多清新之作。词作量不如诗篇巨大，但和诗同样，贯穿了气吞山河的爱国主义精神。杨慎谓其"词纤丽处似秦观，雄慨处似苏轼"。著有《剑南诗稿》、《渭南文集》、《南唐书》、《老学庵笔记》等。

有些感情重得只剩一句话

不写伊川题尹字，无心。料想伊家不要人。

那些满腹诗书、一身才情的女子，一旦遇着便总令人打心底欢喜爱慕，尤其当她们作为一个平凡的小女人过清净的生活时，从不在意会不会被历史记住，只于丈夫心间刻下一缕隽永的柔情，平淡的生活因为她们的才思和风华，而漾起美好甜蜜的涟漪。

花仲胤这个人一点儿也不出名，历史记住他只因一段夫妻用词寄答的佳话。那年他在相州做官，上任了好长时间从未归家。他一日忙过一日，好似总有做不完的事情追赶着他，偶尔得闲，便是三五好友聚会闲话，好像一个没有成家没有女朋友的单身男子。

很奇怪，他总在最最忙碌的时候想念他的妻子，想念跟她在一起时的平和温馨，而又在闲暇游玩的时候忘却她。

让一个年轻的成婚不久的女人独守空房，在寂寞的时光中消磨她的颜色、淡了她的情思，实在是个罪过。花妻不一样，她是个才思敏捷的温暖女子，她情深深意浓浓地写了一首《伊川令》给丈夫：

西风昨夜穿帘幕，闺院添消索。最是梧桐零落，迤逦秋光过却。

人情音信难托，鱼雁成耽阁。叫奴独自守空房，泪珠与灯花共落。

词的意思很浅白：西风乍起，梧桐叶落，相思情深，音信难托，独守空闺，泪落灯花。任何丈夫看到都会感动的，他不是不爱她，只是太粗心、太贪玩。

他捏着妻子的词反复吟诵，想她流泪的模样想到心痛，正准备提笔回复，不经意注意到妻子把词牌《伊川令》的“伊”字写成了“尹”，少了个偏旁“人”，心念电转，疑惑丛生：是她不小心写错字了，还是在暗示我她不想要我了？忐忑之下，花仲胤回了首《南乡子》试探妻子：

顿首起情人。即日恭维问好音。接得彩笺词一首，堪惊。题起词名恨转生。

辗转意多情。寄与音书不志诚。不写伊川题尹字，无心。料想伊家不要人。

花妻看到丈夫的回信甚是懊恼，本来是倾诉相思，没想到闹了个笑话，见笑于丈夫，这个误会可大了，如何是好？才华洋溢、聪明慧黠的女子，总能润物无声地化解尴尬，她立即又写了一首词让人捎给丈夫：

奴启情人勿见罪，闲将小书作尹字。情人不解其中意。共伊间别几多时？身边少个人儿睡。

这样的妙语解释简直是神巧至极，充满了情趣，难怪花仲胤看了哈哈大笑。其实3首词都浅白得很，算不上什么好词，然而流淌在其中的夫妻深情和两人互动的意趣，让人读着忍不住会心莞尔。温暖的东西总会令人上瘾，然后愈加感觉到，“料想伊家不要人”是多么深重的感情。

我想你是不是不要我了——楚楚可怜、担惊受怕、充满期望的样子，怦然动人心，悄然潜入爱里——说好了，这辈子，你不能不要我。

知进退的功臣太难得

羞见钱塘江上柳，何颜？瘦仆牵驴过远山。

南宋淳祐年间有个大名鼎鼎的功臣叫赵葵。他有胆有识勇猛过人，年少时随父亲镇守襄阳，屡败来犯金兵，威名远扬，金兵闻其名便生惧。

绍定年间，赵葵在滁州为官。滁州守将李全有谋反的心思，被赵葵发觉。当时赵葵十分镇定，他一面力图稳住李全，一面火速上书丞相史弥远，要求诛杀李全。可是史弥远迂腐至极，他认为没有证据便不能随便杀人，况且此时尚未败露，还有转圜余地。

李全既然胆敢谋反，自然有他的管道掌握朝中动向，这事不久便被李全知悉，于是仓促起事，攻打扬州。朝廷收到战报，这才明白事态严重，危急之时命赵葵带兵扫除李全之叛军。赵葵自小战场杀敌，勇武自不待言，他的部队也多骁勇善战，很快便将叛军杀得四处溃逃，首领李全被斩。这场平叛于赵葵而言自然是一大功，之后他被任命为淮东制置使，兼任扬州知府。

后来，赵葵的官职经过多次变动，做到了右丞相兼枢密使，这可是位高权重的官职。赵葵少年从军，半生戎马，擅长的是战场杀敌，带兵出征，可是这丞相以及枢密使皆为文职，赵葵做起来颇不顺手，渐渐力不从心。

有时上朝，他明明做了很充分的准备，仍然会被问得张口结舌说不出话来。皇帝知他擅武不擅文，又念他战功累累，不忍罢免他，伤了民心，只是他这右相之职被渐渐架空。

赵葵本来因为自己武将担任文职勤勉学习，谁知现在被闲置到了一旁，满心郁闷。正当此时，朝廷之中舆论四起，说古人半部《论语》治天下，赵葵堂堂右相却不懂《论语》。

一日上朝，赵葵正巧听到两个同僚窃窃私语他的短处，大受刺激，转身径直走出宫门，上马疾驰而去，自此辞官，告老还乡。临行之前，他还题了一首《南乡子》在墙壁上，词云：

束发颂西藩，百万雄师掌握间，召到庙堂无一事，遭弹！昨日公卿今日闲。

拂晓出长安，莫待西风割面寒。羞见钱塘江上柳，何颜？瘦仆牵驴过远山。

这样辞官回家，赵葵难免有些牢骚。但是他心胸宽广，过一阵子便调整心态，能够自得其乐。他常常到乡间，拿着锄头锄草。有时他闲坐在田边，跟老农谈论农桑稼穑之事。有一次，他路过岳麓精舍，便去拜访一番。那舍长年纪比他大，与他寒暄之后刚要自己坐在主席上，忽然想起赵葵的身份，连忙起身请他坐主席。赵葵闻言大笑，摆摆手浑不在意地坐在了下首。两人把酒共饮，尽欢而散。

人往高处走，自然春风得意，一朝由高位落下，丧气失落也是人之常情。可是赵葵为朝廷立下汗马功劳，却不居功自傲，能走上去，也能走下来，知进退，不重得失，洒然立于人间，真丈夫也！

小知识

赵葵（公元1186—1266年），字南仲，号信庵，一号庸斋，衡山（今属湖南）人，南宋儒将，历经孝宗、光宗、宁宗、理宗、度宗五朝，一生以儒臣治军，为南宋偏安作出卓越贡献。历任中大夫、左骁骑将军、华文殿直学士、淮东安抚制置使、湖南安抚使、资政殿学士、福建安抚使、枢密使兼参知政事、丞相兼枢密使等。咸淳二年逝世，追赠太傅，谥忠靖。工诗善画，传世作品有《杜甫诗意图》。

爱梅成痴却是罪?!

角声吹。笛声吹。吹了南枝吹北枝。明朝成雪飞。

寒相催。暖相催。催了开时催谢时。丁宁花放迟。
角声吹。笛声吹。吹了南枝吹北枝。明朝成雪飞。

这首《长相思·惜梅》作者是南宋词人刘克庄。

梅花,“岁暮冰雪而不枯,众芳摇落而独放”,它已经被中国文人赋予了高洁、典雅、冷傲、坚贞的人格特征。很多诗人词客爱梅,在他们的心目中,梅花已经成为自己的化身,他们觉得自己拥有跟梅一样的特质。刘克庄就是个极爱梅的人,他的这首《长相思·惜梅》,即表现出对梅花的无限怜爱和珍惜。你看,寒气催着梅花绽放,而暖气又催着它凋零,所以我要嘱咐花儿晚开一些,这样才能晚一些凋落。角声传来《大梅花》、《小梅花》,笛声传来《梅花落》,吹落了南枝的梅花又吹落了北枝的,到了明天,他们都会像雪一样漫天飞舞。

其实,刘克庄表面写梅花,实际上隐隐传达了他对南宋朝廷偏安一隅的忧虑、对国家命运的担心。刘克庄是个热血的人,即使这个国家多么不争气,他都愿意为他努力。他曾经为官矢志要医好朝廷的病,可是却莫名其妙卷进了一个梅花公案。

刘克庄爱梅成痴,不仅有词为证,还有100多首咏梅诗,其中一首《落梅》:

一片能教一断肠，可堪平砌更堆墙。
飘如迁客来过岭，坠似骚人去赴湘。
乱点莓苔多莫数，偶粘衣袖久犹香。
东风谬掌花权柄，却忌孤高不主张。

包括这首诗在内的几首刘克庄的诗，都被当时钱塘书商陈起收入诗集《江湖集》出售。里面还有句“秋雨梧桐王子府，春风杨柳相公桥”，都是表达对权相史弥远的不满，尤其是刘克庄《落梅》的最后两句，意指明显。史弥远便指示言官李知孝等人指控刘克庄“讪谤当国”，刘克庄被罢官问罪，陈起被发配边疆，同时因为这本诗集被牵连的还有敖陶孙、周文璞、赵师秀等人。这就是历史上有名的“梅花公案”。

这件案子发生之后，皇帝为了永绝后患，竟然下诏书禁止士大夫作诗。导致长达两年的时间里，文人都不敢作诗，只敢写词。

刘克庄因为此事一再被黜，坐废 10 年，后来他感慨自己这段经历，作《病后访梅》：

梦得因桃数左迁，长源为柳忤当权。
幸然不识桃与柳，却被梅花累十年。

对于思想文化的禁锢，是封建统治者对人民最严厉的掠夺和伤害。真的，看过那么多文字灾难才发现，生活在可以自由说话写字的时代，实在是一种难能可贵的幸福。

小知识

刘克庄（公元 1187—1269 年），字潜夫，号后村，福建莆田人。南宋诗人、词人、诗论家，辛派词人的重要代表，词风豪迈慷慨。在江湖诗人中年寿最长，官位最高，成就也最大。

青梅竹马之恋

朝朝暮暮只烧香。有分成双，愿早成双。

郎骑竹马来，绕床弄青梅。

这句诗太美了！春风里，柳条浮动，花开满园，少年骑着竹马绕着坐在马扎上捧着脸的漂亮女孩，跟她说话、逗她笑，或者恶作剧。这是我读过的所有故事里最美的一个开头。

宋理宗端平年间的一对璧人，不仅是青梅竹马的缘分，更有同时出生的造化。两家比邻而居，那年那月那日，张忠文生了个儿子，取名张幼谦；罗仁卿生了个女儿，取名罗惜惜。那时两家关系还不错，幼谦和惜惜经常吃在一处，玩在一处，他们做过各种青梅竹马的游戏，从此两小无嫌猜。

一年年过去，孩子们都长大了一点儿，幼谦像那个时代所有的男孩子一样，他该读书，学习孔孟之道，早早为将来的仕途做准备了。罗仁卿觉得女儿也应该读点书，将来嫁出去在婆家知书达礼相夫教子，他面子上也有光彩，就让惜惜寄学于张家。幼谦和惜惜不仅没有分开，反而因为相同的教育而越来越亲密，就这样，他们一起走过青涩的朦胧好感，奔着豆蔻年华的纯洁爱恋，一路欢歌而来，订下三生三世的约定。

也是在这个时候，罗仁卿开始意识到男女授受不亲，他突然武断地决定再不让女儿去张家读书了，他把惜惜锁在闺阁里，他告诉她他要为她寻觅一个大富大贵的夫婿，令她后半生穿金戴银尽享荣华。张幼谦抵不住相思苦，写了首《一剪梅》，偷偷送给惜惜：

同年同月又同窗，不似鸾凤，谁似鸾凤？石榴树下事匆忙。惊散鸳鸯，拆散鸳鸯。

一年不到读书堂，教不思量，怎不思量？朝朝暮暮只烧香。有分成双，愿早成双。

张幼谦真是个执拗的傻瓜，惜惜父亲的态度如此鲜明，他竟然还没明白这世上有个词叫做"有缘无分"，他收到惜惜回赠的表明心意的十枚金钱和一枚红豆，便立即央求父亲去向罗家提亲。那时罗仁卿早就收下了辛家的聘礼。辛家是极富有的人家，罗仁卿一心巴望着女儿嫁过去做少奶奶，饭来张口衣来伸手，不然他干吗那么细致地教养女儿，还送她去读书。而那张家以前也只是过得去，如今家道中落，更不在罗仁卿眼里了。

张幼谦惊闻这消息异常痛苦，他不明白惜惜怎么说变就变了，前一天还与他海誓山盟爱得再也分不开，后一天便要转投他人怀抱嫁作别家妇。他负气之下写了一首《长相思》，拜托邻居老婆婆送给惜惜：

天有神，地有神，海誓山盟字字真，如今墨尚新。

过一春，又一春，不解金钱变作银，如何忘却人。

这男人实在傻得可爱，爱恨入了心便宣之于口，不在心里藏一点事。惜惜知道幼谦误会了她，匆忙写了《卜算子》请老婆婆送给幼谦：

幸得那人归，怎便教来也？一日相思十二辰，真是情难舍。

本是好姻缘，又怕姻缘假。若是教随别个人，相见黄泉下。

他们单纯得让人恨，对方说什么就信什么，误会也闹不长，一解释就能和好。他们还那么轻易地说生说死，仿佛生命是随时可以放弃的——而且他们真的做得到。幼谦和惜惜尽释前嫌，决定效仿司马相如和卓文君私奔而去。罗仁卿发现以后告到了官府。他那丑陋的脸面，竟然比女儿的名节和幸福更重要。

公堂之上，惜惜与幼谦向县太爷诉说他们的恋情，以及罗仁卿嫌贫爱富棒打鸳鸯的恶行。这番哭诉感动了县太爷，传了帮惜惜、幼谦递情书的老婆婆，证明两人所言属实，再看两人郎才女貌天生一对璧人，当堂判决罗家退了辛家的聘礼，让惜惜和幼谦择日成婚。

第二年，张幼谦中举，一路官运亨通，从此夫贵妻荣，举案齐眉，白头到老。

国仇家恨总关情

从今后，断魂千里，夜夜岳阳楼。

南宋度宗咸淳十年，蒙古人大举南下，连夺数城，势如破竹。次年三月，繁华的岳州城被占领，然后，蒙古兵开始烧杀抢掠，奸淫取乐。

当时的元军将领是个有名的好色之徒，他每攻占一个城市，都要抢来一些漂亮的汉族女子做侍妾，到了岳州城自然也不例外。他大排宴席庆功之时，先前派出去寻找美丽女子的属下来报，说抓到一名极貌美的女子。这将军大喜，忙命人把她带上来。

那女子因战乱颠沛，衣衫多处破损，布满灰尘，看不出原来的颜色。而她鬓发微乱，钗环不见，脸上也有些脏，看起来颇为狼狈。然而，这一切都遮不住她的窈窕风姿及端庄秀美。那将军惊艳得说不出话来，想他这一路南下，美女也见过不少，似这般绝色却是头一遭碰上。他走上前去问女子姓名，女子不卑不亢，答："妾乃岳州徐君宝之妻。"这将军摆摆手无丝毫在意，表示要纳她为新宠，命属下好生侍候。

晚上宴席散去，那将军急不可耐来到徐君宝妻的房间，见她重整鬓发，换了衣衫，艳色逼人，心里更加欢喜，欲当即成就好事。而徐君宝妻却面带愁容，楚楚哀求："我刚刚跟夫君失散，心中悲苦难消，请将军怜惜，莫要逼我。"这颦眉哀叹的模样，连那莽夫将军都不由生出怜香惜玉的心思，惆怅地离去。

第二日，元军队伍开拔前往杭州，这将军自然要带着徐君宝妻同行。这一走要走上半个多月，一路上那将军数次来骚扰徐君宝妻，都被她用巧计逃脱。好不容易熬到杭州，住进韩蕲王府，那将军开始屡屡相逼，已是十分不耐烦了，几次动怒想杀了徐君宝妻，又垂涎她花容月貌，终不忍心。

徐君宝妻这些日子对丈夫一片断肠相思，可是她也知道，那将军越来越过分，怕是不容她再拖延下去，此身难保。这日，那将军又来，已然是一副即将强逼她就范的姿态了，她无可奈何，说道："将军何必这般性急，我自然可以做您的妾室，然我现在毕竟还是徐君宝的妻子，他如今怕已凶多吉少，我先祭拜于他，向他告罪，再侍奉您可好？"将军信以为真，大喜离去。

徐君宝妻连忙换上素洁的衣裳，对着镜子细细打理容颜。她早已为自己选了一条最好的路，她要漂漂亮亮地走。一时间，往昔与丈夫的甜蜜恩爱涌上心头，再想到国破家亡、夫妻离散，丈夫生死未卜，自己又身陷囹圄，不由悲从中来，遂于墙壁上题了一阕《满庭芳》：

汉上繁华，江南人物，尚遗宣政风流。绿窗朱户，十里烂银钩。一旦刀兵齐举，旌旗拥、百万貔貅。长驱入，歌楼舞榭，风卷落花愁。

清平三百载，典章文物，扫地俱休。幸此身未北，犹客南州。破鉴徐郎何在？空惆怅、相见无由。从今后，断魂千里，夜夜岳阳楼。

想当年盛世繁华，高楼连云，十里长街，绿窗朱户，而今扫地皆休！从今以后，我的魂魄要飞过这几千里，飞回到岳州故土，飞到我挚爱的夫君身边去。词毕，徐君宝妻走到池塘边，纵身投水，干干净净地走了。

国仇家恨当前，最无奈的是感情，最深刻的也是感情。